U0030874

噓，別告訴我

DON'T TELL ME

有些祕密，只能放在心裡，
像是
我喜歡你。

因為
我很清楚知道，

你

不喜歡我。

雨菓

著

出·版·緣·起

三百六十度全媒體出版

城邦原創創辦人　何飛鵬

當數位變革浪潮風起雲湧之際，做爲一個紙本出版人，我就開始預想會不會有數位原生內容出版社出現？如果會的話，數位原生出版會以什麼樣貌出現？而我又將如何面對這種數位原生出版行爲？

就在這個時候，我看到了大陸的起點網，這個線上創作平台，聚集了無數的寫手，形成數量龐大的創作內容，無數的素人作家在此找到了夢許之地，也成就了一個創作與閱讀的交流平台，而手機付費閱讀的習慣養成，更讓起點網成爲全世界獨一無二、有生意模式的創作閱讀平台。

基於這樣的想像，我們決定在繁體中文世界打造另一個線上創作平台，這就是POPO原創網誕生的背景。

做爲一個後進者，再加上我們源自紙本出版工作者，因此我們在POPO上增加了許多的新功能，除了必備的創作機制之外，專業編輯的協助必不可少，因此我們保留了實體出版的編輯角色，讓有心成爲專業作家的人，能夠得到編輯的協助，我們會觀察寫作者的內容、進度，選擇有潛力的創作者，給予意見，並在正式收費出版之前，進行最終的包裝，並適當的加入行銷概念，讓讀者能快速認識作者與作品。

這就是POPO原創平台，一個集全素人創作、編輯、公開發行、閱讀、收費與互動的一條龍全數位的價值鏈。

經過這些年的實驗之後，POPO已成功的培養出一些線上原創作者，也擁有部分對新生事物好奇的讀者，不過我們也看到其中的不足—我們並未提供紙本出版服務。眞實世界中，仍有許多作家用紙寫作，還有更多讀者習慣紙本閱讀，如果我們只提供線上服務，似乎仍有缺憾。

爲此我們決定拼上最後一塊全媒體出版的拼圖，爲創作者再提供紙本出版的服務，讓所有在線上創作的作家、作品，有機會用紙本媒介與讀者溝通，這是POPO原創紙本出版品的由來。

如果說線上創作是無門檻的出版行爲，而紙本則有門檻的限制，線上世界寫作只要有心，就能上網、就可露出，就有人會閱讀，沒有印刷成本的門檻限制。可是回到紙本，門檻限制依舊在。因此，我們會針對POPO原創網上適合紙本出版的作品，提供紙本出版的服務，我們無法讓所有線上作品都有線下紙本出版品，但我們開啓一種可能，也讓POPO原創網完成了「三百六十度全媒體出版」的完整產業及閱讀鏈。

不過我們的紙本出版服務，與線下出版社仍有不同，我們提供了不同規格的紙本出版服務：（一）符合紙本出版規格的大眾出版品，門檻在三千本以上。（二）印刷規格在五百到二千本之間的試驗型出版品。（三）五百本以下，少量的限量出版品。

我們的宗旨是：「替作者圓夢，替讀者服務」，在作者與讀者之間搭起一座無障礙橋梁。

我們的信念是：「一日出版人，終生出版人」、「內容永有、書本不死、只是轉型、只是改變」。

我們更相信：知識是改變一個人、一個組織、一個社會、一個國家的起點。讓想像實現、讓創意露出、讓經驗傳承、讓知識留存。我手寫我思，我手寫我見，我手寫我知，我手寫我創，變成一本本的書，這是人類持續向前的動力。

我們永遠是「讀書花園的園丁」，不論實體或虛擬、線上或線下、紙本或數位，我們永遠在，城邦、ＰＯＰＯ原創永遠是閱讀世界的一顆螺絲釘

第一章

「妹妹，幫我把桌上的碗盤拿到廚房來。」

「聽到了嗎？」

「孫永婓，我在跟妳說話妳聽到沒？我現在在洗碗兩手都是濕的，還不快點幫我把碗拿過來！」

直到媽媽的怒吼聲從廚房傳出，我才猛然回過神，右手反射性摀住差點被震聾的耳朵。我瞥了一眼牆上的時鐘，再過不到一分鐘就要八點了，這讓我不禁停下原本正要起身的動作。

「孫永……」

「來了來了！」

媽媽的口氣聽起來像是準備要開罵，我連忙從沙發上站起身，並用最快的速度將餐桌上的髒盤子拿到廚房，再飛奔回客廳，拿起遙控器將音量調大。

八點整，電視畫面準時從廣告切入綜藝節目的片頭。

「歡迎收看《綜藝一加一》！」一開場，主持人就語氣熱烈地說：「今天的來賓是一位最近非常火紅的創作才子！他才剛出道不久，主打歌〈別告訴我〉就已經占據各大音樂排行榜，相信大家一定都很熟悉。廢話不多說，讓我們一起歡迎——何岳！」

主持人一介紹完，攝影機的鏡頭便轉向緩緩從布簾後走出來的何岳，期間伴隨著一眾女粉絲的掌聲和尖叫。

何岳臉上掛著他一貫的靦腆微笑，整個人容光煥發，和上一次跟我視訊時愁眉苦臉的模樣完全不同。

「之前還在擔心會沒人報名，結果來的人這麼多。」我不禁呿了一聲，心裡的重擔頓時放下不少。

雖然我從來沒有懷疑過何岳的實力，但是他才剛出道就上了台灣最紅的綜藝節目，壓力肯定很大，再加上這個節目並非只是單純受訪，而是穿插了許多表演的環節，並且需要與粉絲互動，所以何岳一直很擔心錄影當天來的觀眾不夠多，場面會很尷尬。

不過見到攝影棚裡滿滿的粉絲，看來他是白擔心一場了。

從以前到現在都一樣，何岳永遠不知道自己的魅力有多大。

「文佑哥、Nina姊，你們好。」他將手中的新專輯送給兩位主持人。

何岳一身黑白搭配，白襯衫、黑褲，搭配上愛迪達白色球鞋，簡單卻好看的穿搭跟他以往的風格相同，這讓我安心不少，他還是我印象中的何岳，而且仔細一看，他右腕上戴的咖啡色手錶，正是我之前送給他的生日禮物，想到這裡，我忍不住嘴角上揚。

「難得回家，居然就窩在這裡看電視。」媽媽不知何時已經洗完碗，原本想要念我，但一看到螢幕上的何岳，她驚訝地問：「這不是何岳嗎？怎麼上電視了？」

「他發片需要上電視宣傳啊。」我理所當然道。

「什麼？他發片了？不是才剛被簽下來嗎？」

我吐槽她，「拜託，簽約都是快兩年前的事了。」

媽媽往我後腦勺一拍，在我旁邊的空位坐下。

「我只記得之前隔壁的何阿姨一直反對他進演藝圈，我們還就著這件事聊過幾次，沒想到他現在眞的變成藝人了。」媽媽用手肘頂了頂我，「跟明星當鄰居的感覺好像不錯耶，房價會不會漲啊？」

「妳很三八耶。」我嘆了一口氣。

眞難想像在家裡是這副模樣的老媽，在學校卻是個能把學生嚇哭的威嚴教授。

「嗯……以前就覺得小時候的何岳長得很可愛，雖然臉有點嬰兒肥，誰知道長大後居然變得這麼帥，再加上他鋼琴彈得那麼好，果然是天生當明星的料。」

我沒理會媽媽，因爲何岳即將開始表演他的新歌〈別告訴我〉。

隨著攝影棚內的燈光暗下，獨留何岳一人在舞台上，他修長的手指在黑白琴鍵上彈奏出曲子的前奏，他一開口，坐在電視前的我也跟著屏住呼吸。

何岳的聲音不是屬於那種爆發型的，而是一種溫暖、低沉，會讓人想要反覆一聽再聽的聲音。

他唱的這首歌是他專輯裡的主打歌，也是目前正在熱播的一齣偶像劇的片尾曲，所以何岳一出道就受到許多關注。

但其實這首歌早在他被經紀公司簽下之前就譜成了。

高三時，他曾經在學校的琴房彈給我聽過，當時只有旋律，還沒有填上歌詞。那時他剛跟校花女友分手，也許是想藉由音樂療傷才寫出這首歌，還逼我當聽眾，殊不知我心裡比他還難過。

你失戀了，那我呢？你有想過我的感受嗎？這該死的笨蛋！

「唉。」我嘆了口氣，換來媽媽的皺眉。

「嘆什麼氣？妳也想當明星？」

我翻了一個白眼，「我怎麼可能。」

「怎麼不可能？」媽媽說，「我把妳生得這麼好，又高又瘦，五官端正，會彈琴會唱歌，何岳可以妳為什麼不行？」

又來了。媽媽總是喜歡拿我跟何岳做比較。

爲什麼何岳可以妳不行？

這句話我幾乎是從小聽到大。

因爲何岳就是比我好，他鋼琴彈得比我好、歌唱得比我好、書也念得比我好……因爲我喜歡他，他不喜歡我，所以我永遠都是輸的那一方。

媽媽不會懂的。因爲有時候，連我自己也不懂喜歡這回事。

節目結束後，我拿起手機，點開Line，距離我們上一次的對話已經是一個多星期前的事了。

他最近正處於宣傳期，整天都在跑活動，我們的聯繫不再像以前那樣熱絡，常常我傳了許多訊息給他，他卻過了一兩天才回，而且都只回幾個字，連一個表情符號也沒有。

孫永斐：我剛看了《綜藝一加一》，你眞的太強了！現場超好聽的！

孫永斐：你還擔心會沒有粉絲，結果這麼多人來。就跟你說別擔心啦。

孫永斐：還有，手錶很好看喔，誰送你的啊？：）

孫永斐：你什麼時候會回家？

我連續傳了幾則訊息給他，但幾分鐘過去，訊息始終沒有被讀取。

我輕嘆口氣。也是，何岳那麼忙，怎麼可能隨時注意Line？

將手機扔到床上，我拿了換洗衣物準備洗澡，嘴裡哼著何岳的歌。洗完澡後，我早早就上床睡覺了，明天早上還要趕回台北上課。

隔天醒來，何岳還是沒有回覆我。

看著那幾則依舊未曾被讀取的訊息，我心裡有股說不出的失落感。

✦

「欸，妳昨天有看《綜藝一加一》嗎？」一走進教室，宣寧立刻湊了上來。

「看了。」說完，我忍不住打了一個哈欠。

早上八點的課眞應該被廢除，實在是太不人道了。

如果不是因為這堂課是大家公認最簡單的通識課，而我的成績由於大一時太懶散的緣故，簡直慘不忍睹，我才不可能犧牲我的睡眠選這堂課。

「妳不覺得很誇張嗎？何岳耶！高中同班三年，要不是昨天看到他上電視節目，還有〈別告訴我〉最近播到我耳朵快長繭，我真的不敢相信他變成藝人了。」宣寧劈里啪啦說個不停，我真不明白她一大早哪來這麼好的精神。

「是，我懂。」我說，「他就住在我家隔壁。」

「對耶。」宣寧點頭，一臉曖昧地瞅著我，「有個當明星的青梅竹馬，感覺好像挺威風的。」

「他又還沒有那麼紅，有什麼好威風的？」我表面上裝出一副無所謂的樣子，其實心裡有一絲小小的不安。

雖然我希望何岳成功，心中的某部分還是自私地希望，他可以只是我的青梅竹馬何岳，而不是那個屬於上萬個粉絲的偶像何岳。

「拜託，〈別告訴我〉在Youtube的點閱率才一個月就已經破五百萬了，到處都在播這首歌，再加上何岳的顏值，他變成大明星是遲早的事情啦。他的粉絲團一個月就破十萬了！」

說到粉絲團，我心裡就一陣不悅，他有空發文，卻沒空回我的訊息。

我比較喜歡身為青梅竹馬的何岳，那個只要我表現出一點不開心，就會關心我發生了什麼事情的他，而不是現在這個連我的訊息都不看的可惡混蛋！

「喔，對了，妳看。」宣寧將手機遞到我面前，螢幕上的頁面是某人的臉書狀態。

「Vivian Wong……」我念出那人的名字，納悶地望向宣寧，「誰啊？」

「汪予葳啦！」

「喔……」聽到這個名字，我的臉色不禁沉了下來。

汪予葳，何岳的前女友，高中校花。

長髮、大眼睛、弦樂團、成績好、千金小姐，汪予葳屬於那種生來就是要給男人寵的嬌女，也是高中時期許多男生心中的女神。

我不知道何岳和汪予葳是怎麼認識的。明明他們在不同班、社團活動沒有交集、家也不住附近，不管怎麼比，都是我跟何岳相處的時間和機會比較多，然而從某天開始，何岳中午不再跟我一起吃飯，放學也不再等我一起回家，汪予葳取代了何岳旁邊的那個屬於我的位子。

不久後，他們就交往了。

就算我心裡氣得牙癢癢，又能怎麼辦？誰會反對校花和校草在一起呢？

加上我自尊心強，表面上對何岳說「你很厲害喔，連校花都跟你告白」，其實內心難受到喘不過氣，回家後哭到兩眼腫得跟鹹蛋超人的眼睛一樣，醜到我隔天連學校都不敢去。

我常想，如果我和何岳之間沒有半路殺出一個汪予葳，我們會不會在一起？

要是我早點認清自己的心意，是不是現在就不會如此自怨自艾？

痛。

唉，以前只有一個汪予葳，如今卻有一群粉絲要跟我一同分享何岳，想到這我就頭痛。

「妳看她昨天晚上po的。」

我接過手機，只見汪予葳的動態上放了一張看起來像是鋼琴琴鍵的黑白照片，搭配著一行簡短的字：有緣無分。I wish you all the best.

我皺眉，「什麼東西啊？」

「這麼明顯妳還看不出來？她在講何岳啊。」宣寧拿回手機，嘴裡念道：「發這種圖文不符的東西居然還可以有兩百多個讚，而且不是聽說是她先跟何岳提分手的嗎？講得好像自己是受害者一樣，感覺眞討厭。」

我想說些什麼，卻什麼也說不出來。

此時，教授正好走進教室，宣寧連忙將手機收回書包，壓低聲音問：「妳覺得〈別告訴我〉會是何岳寫給汪予葳的嗎？當初他們分手的原因到底是什麼啊？」

「我不知道。」

我不知道何岳是什麼時候幫那首歌填上歌詞的，也從沒想過那時在琴房聽到的旋律，竟然會在兩年後成爲當紅的情歌。

〈別告訴我〉的歌詞訴說著一種說不出口的愛意，我不知道何岳是哪來的靈感寫出這麼動人的句子，也不知道當初他跟汪予葳分手的詳細原因。

有好多事情我都不知道。

「我覺得啊……」原本宣寧還想再說些什麼，見教授已經開始上課，她趕緊閉上嘴，並拿出筆記本抄筆記，開啓她的資優生模式。

見狀，我闔上眼開始補眠，反正之後再跟她借筆記就好了。

宣寧是我的高中同學，也是我的死黨。在何岳爲了汪予葳拋棄我的那段時間，我們變成了好朋友。

她的爸媽都是老師，與我的家庭背景很相似，不同的是宣寧繼承了她爸媽的好頭腦，成績跟何岳一樣優秀，總是在班上排行前三名，不像我成績平平，每次名次都卡在中間的位置。

雖然宣寧是資優生，卻不是一個書呆子。她的個性很直率，跟當時我們班那群愛搞小團體的女生不同，所以我們很合得來。

我能考上盛宇大學也是多虧了她。我不是個會讀書的人，原本想說能考上一個程度中上的大學就滿足了，但高三那年，何岳被經紀公司發掘，並且直接保送進盛宇大學音樂系。

盛宇大學是國內排名第一的國立大學，對我來說更是一個遙不可及的目標，可爲了和何岳繼續同校，我發奮圖強，跟著宣寧一起補習、去圖書館念書，最後在指考幸運拚上盛宇大學的經濟系，讓許多人都跌破眼鏡，連我自己也相當詫異。

只不過何岳因爲忙著出道的事，大一下學期就休學了。

他又拋下我了。

儘管宣寧是我的好朋友，但我從來沒有跟她說過我喜歡何岳。

我記得在何岳和汪予葳交往之後，宣寧曾經問我是不是喜歡何岳，當時我的自尊心太強，不想承認自己輸給汪予葳，於是選擇否認，而她也眞的相信我的說法，相信我和何岳只是單純的青梅竹馬，就沒再多問了。

這樣也好。

有些祕密，藏得愈久就愈不想讓人知道。

藏得愈久，就愈沒有勇氣讓人知道。

經過漫長的一天，最後一堂課的下課鐘聲終於響起。

收拾好書包後，我快步走出教室，戴上耳機開始播放The Chainsmokers的新歌，思考等一下的晚餐要吃什麼。

「孫永斐。」

在音樂的空隙間，我似乎聽見有人喊我的名字，不自覺加快腳步。

「孫永斐！」

我感覺有人大力拍了一下我的肩膀，回頭一看，映入眼簾的是周凡勳那張燦爛的笑臉。

笑裡藏刀的那種笑。

「嗨，學長。」我拔掉耳機，有點心虛地低下頭。

「學妹，妳走這麼快是要上哪去啊？」他依舊笑著。

「呃……」

「該不會是趕著回家吧？」他故作驚訝地問：「妳身爲系學會的幹部，應該不會這麼不負責任，忘了每週一晚上六點要開會吧？」

我乾笑幾聲，「怎麼可能，我這不是正要去會議室嗎？」

「眞巧，我也是，那一起走吧。」周凡勳的笑眼瞇成一條線，我小聲嘆了口氣，無奈地跟著他走了。

看來晚餐時間必須延後了。望著周凡勳那比我高出一顆頭的背影，我忍不住在心裡默默咒罵。

走到一半，他突然笑出聲，「好啦，剛才是鬧妳的，不過妳一直缺席會議眞的不太OK。我人很好，但其他人可沒這麼nice，再這樣下去，有些人會開始說閒話的。」

聞言，我不由得埋怨地瞪了他一眼。當初我根本從頭到尾都不想加入系學會啊！

回想起大一的社團博覽會，我在路過經濟系系學會的攤位時，不小心和周凡勳對上眼，他先是露出驚訝的表情，接著指著我問：「妳是老孫的女兒吧？我在他的研究室看過妳的照片。」

老孫，孫正德，我的父親大人，同時也是盛宇大學經濟系的教授。

結果被他這麼一喊，其他的學長姊一窩蜂圍住我，好奇地問東問西，然後在一群人的吹捧下，我莫名其妙加入了系學會。

原本打算大一結束後就退出，不料因爲那年有太多的學長姊畢業，導致社團幹部的人手不足，我便被周凡勳，也就是現任會長給強迫留了下來。

「星期六的講座妳怎麼沒來？」

「我回桃園找我媽，今天早上才回來。」

「喔，這麼突然？爲什麼？」

「我媽想我，叫我回去啊。」

其實是我以爲何岳週末會回去，爲了跟他見面才回家的，沒想到他臨時有工作，沒辦法回來。

「喔……」周凡勳點頭，沒再多問。

打開會議室的門，大家看到我和周凡勳一起出現，紛紛露出驚訝的表情。

「唷，你把大小姐抓來了啊？」巧妍學姊率先出聲，上前拍了拍周凡勳的肩，「不錯嘛，我們剛才還在討論說是不是要跟老孫報告，請他幫忙找人。」

她一說完，其他人不約而同笑出聲。

雖然楊巧妍表面上是在開我的玩笑，語氣卻讓我覺得分外刺耳。

由於我爸教的科目是財務經濟學，他本身也投資了很多股票，偶爾在上課時也會提到這些，許多人便誤以爲我爸是股票大亨，並打趣地叫我大小姐。

這個玩笑無傷大雅，只是從楊巧妍口中說出來就多了一絲嘲諷的意味。她似乎想幫我塑造出一種自以爲是、高高在上的形象，這令我不是很舒服。我本想回嘴，最後還是打消了念頭。

沉默，在這個場合，是最好的回應。

楊巧妍是副會長，也是學姊，雖然不清楚她爲什麼會對我有敵意，但我知道她這種女生是最不能去招惹的類型。

「好了，安靜，開會了。」周凡勳拿出筆電，問道：「星期六的講座，各位覺得怎麼樣？」

全場回以一片沉默。

「怎麼了？」我壓低聲音，詢問坐在我旁邊的陳詩芸。

「來的人數不到十個，演講者比聽眾還多，超尷尬的。」詩芸小小聲地回。

我和詩芸是在同一個時期加入系學會，又一起被分到活動組，再加上修的課有很多相同，所以她算是我在系學會裡交情比較好的朋友。

「沒去講座的人舉手。」楊巧妍問，連同我在內，大約有五個人慢慢將手舉起，可她的視線只停留在我身上，「孫永斐，妳爲什麼沒去？」

「我有事。」

「什麼事？如果不能出席活動，最晚二十四個小時前就要告知。妳都加入一年多了，連最基本的規則都不知道嗎？」她愈講愈生氣，大家都不敢吭聲。

「……對不起。」

「妳再——」

原本她打算繼續罵下去，周凡勳卻出聲阻止：「她有跟我提過週末要回桃園不能來，是我忘了跟妳說。這是我的疏失，別氣了。」然後摸了摸楊巧妍的頭，這是他的招牌動作。

他對每個女生都很溫柔，這點跟何岳有些相似。

楊巧妍盛氣凌人的氣勢一下子被澆熄，瞬間變成了一隻小貓。

「不過還是要再次提醒大家，身爲幹部，出席活動是最基本的要求，除非你有特別的原因。」周凡勳的目光朝我的方向投來，「說到活動，永斐跟詩芸，上星期有提到要妳們辦一個系上的聯誼活動，妳們有想到什麼點子嗎？」

我望向詩芸，上星期的會議我沒出席，根本不知道有這件事。

「呃……」她似乎也忘記了有這麼一回事，支支吾吾地說不出話。

見狀，周凡勳嘆了口氣，「妳們下星期把活動流程交上來。」

一轉眼，一個小時過去了，會議結束時，天也黑了。

在回家的路上，我隨便買了一個便當當作晚餐。一進到房間裡，我便像顆洩了氣的皮球一樣癱在床上，並將臉埋入枕頭。

「啊啊啊啊——」我忍不住將心裡的怨氣大聲發洩出來，「該死的系學會、該死的楊巧妍、該死的何岳，煩死了煩死了煩死了！」

一個人住的好處就是發瘋的時候沒人會管妳。正當我宣洩到一半，放在旁邊的手機忽然發出叮的一聲，在看清那則新訊息後，我整個人瞬間從床上跳起來。

何岳：我這個星期會回家。

僅僅八個字，就讓我忘了上一秒是如何咒罵他的。

我永遠都沒有辦法眞的討厭何岳，就算他讓我傷心難過也一樣。

✦

星期五的課一結束，我便帶著昨天晚上就整理好的包包，跳上回桃園的公車。

還記得剛搬到台北時，我以爲我一學期頂多只會回家一次，沒想到在何岳休學後，桃園的老家反而成了我跟他最常見面的地點。我回家的次數甚至多到連媽媽都覺得奇怪，一度以爲我是因爲在學校沒有朋友，才會三不五時就跑回家。

下了公車，我沿著熟悉的路線走回家，一拐進家裡附近的巷子，我大老遠就瞧見何岳正要進門的修長身影。

「何岳！」我興奮地大喊。

聞言，他回過頭，然後揚起一抹好看的微笑，向我揮手。

我快步朝他奔去，一把勾住他的肩膀，「嗨，大明星。」

「別鬧了。」他把我推開，似乎有點不好意思。

我不禁笑出聲，何岳害羞的表情眞的很可愛。

「你是怎麼回來的？」

「經紀人送我回來的。」他打開他家的大門，我則很自然地跟著他進去。

「這麼好！」

「我本來想搭公車，但Jason不讓。」何岳的表情很是無奈，「妳呢？公車？」

「嗯。」我點頭，並扭了扭因半途睡著而有些痠痛的脖子。

見我不怎麼舒服的樣子，何岳皺起眉頭，「妳什麼時候回台北？Jason星期天晚上會來接我，如果妳不急著回去，我請他順路載妳回學校吧，不然妳一個人搭公車回台北太累了。」

「眞的？」我睜大眼。

「當然。」何岳摸了摸我的頭，溫柔一笑。

倏地，我感覺到心跳瘋狂加速，一股熱流竄上我的雙頰。我反射性低下頭，不想讓他看到我臉紅的反應。

我常在思考，當男生對女生做出這種舉動時，究竟是抱持著什麼樣的心態？是哥哥對妹妹的疼愛？主人對小狗的寵愛？還是男生對女生的喜歡？

再次對上眼，我發現何岳似乎瘦了，但不是消瘦，而是身材變好，不論是臉部線條或是藏在他襯衫下的肌肉都更加分明，讓他多了一些男人味，很迷人。

可是他臉上的疲憊卻很明顯，像是已經很多天沒睡好了。

「你這個星期怎麼會突然回來?不是還在宣傳期嗎?」

「我媽明天生日，再加上最近的活動行程安排得比較鬆，所以公司特別放我兩天假，彌補我過去一個月，每天睡不到四個小時。」說完，他打了一個哈欠，抬腳朝臥室走去。

我和何岳的家都是獨棟的房子，兩家就在隔壁，中間的防火巷隔不到三公尺，不過何岳家裡的格局和設計都比我家漂亮許多，不論是擺在客廳的三角鋼琴、黑白色系的家具，還是掛在牆上的畫，全散發出一股清新的文藝氣息。

「這樣啊。」我點頭，跟在他身後，「阿姨呢?怎麼沒看到她?」

「應該還在工作室吧。」他聳肩，「我已經很久沒跟我媽講話了。她可能還在生我的氣，我傳給她的訊息她也沒看，也許她根本不知道我今天會回來。」

他躺到床上，表面上一副無所謂的樣子，但我明白他心裡其實不好受。

何阿姨是一位鋼琴老師，經營一間私人音樂教室。

當初何岳被經紀公司簽下時，何阿姨非常反對他進入演藝圈，兩人每天吵架並陷入冷戰，而這一戰直到何岳上大學、搬出家裡前似乎都沒有和解。

我不清楚何阿姨爲什麼這麼反對何岳踏進演藝圈，更不知道爲什麼一直都很孝順的何岳，會不惜讓何阿姨傷心，也執意要當藝人。

何岳是個很有才華的人，會唱歌、會彈鋼琴、會創作音樂，然而認識他這麼多年，也身爲他身邊最親近的人，我卻很晚才得知原來他想成爲一名歌手，甚至當他第一次告訴我這個夢想時，我還以爲他是在跟我開玩笑。

後來當我問起他和阿姨吵架的原因，他也只是給了我一個含糊的答案，沒有告訴我眞相，從那個時候開始，我才意識到他有許多瞞著我的祕密。

「不會啦，阿姨見到你回來一定很開心。」我趕緊安慰他，「而且你的歌現在那麼紅，她肯定很爲你感到驕傲，就連我都覺得很榮幸能夠有你這個朋友！」

何岳認眞地凝視我，「謝謝妳，永妻。」

我臉上忽然一陣熱，連忙故作爽朗地大笑，「謝、謝什麼啦！都認識那麼久了！」

他低笑一聲，閉上眼，「我有點累，想先休息一下……可是肚子好餓，我今天一整天都還沒吃東西。」

「要不要我煮東西給你吃？」

聞言，他睜開眼，一臉好笑地瞅著我，「我下星期還有活動要跑，妳可別又害我住院。」

聽他提起我的黑歷史，我忍不住抬手朝他的手臂打去。

我曾經親手做過餅乾送給何岳，誰知他吃完後，隔天便因爲腸胃炎被送進醫院，雖然他說可能是吃到其他不乾淨的東西才會如此，要我別自責，但我知道他是爲了安慰我才這麼說。

何岳就是這麼體貼又溫柔的人。

「我休息一下，等一下晚上我們出去吃吧……」他說著，隨後緩緩進入夢鄉。

我坐在何岳的床邊，趁著他睡著時，仔細端詳他的臉。

濃眉、高挺的鼻梁、薄唇……何岳擁有一張俊秀的臉蛋，跟經紀公司幫他塑造的音樂才子形象非常匹配，也難怪他這麼受女生歡迎。

我喜歡你，何岳。我用嘴型對睡著的他說。

然後，思緒不禁飄回我和何岳認識的那天。

✦

我的記憶力一向不是很好，做事情總是忘東忘西的，唯獨跟何岳初次見面的場景我印象特別深刻，而且隨著時光流逝，越漸清晰。

那天豔陽高照，正值一年中最熱的七月中旬，我和媽媽剛從超市買完東西回來，恰巧撞見拖著行李正要進門的何岳和他媽媽。

從年初開始，我家旁邊便一直在施工，原本荒廢已久的鐵皮屋變成了一棟如同城堡般漂亮的洋房，雖然新房子的外觀跟四周的普通民宅有點不搭，卻大幅提升了社區的平均水準。

「哎呀，是新鄰居嗎？我還在想怎麼房子蓋好這麼久，都沒人搬進來。」媽媽自言自語道，「妹妹，我們去打個招呼吧？」

「我不要……」我搖頭。馬上就是《麻辣鮮師》的播出時間了，我才不要錯過！

不過媽媽完全沒理會我的抗拒，硬是把我拖去認識新鄰居。

「嗨，我是住在隔壁的孫太太，你們是新搬過來的嗎？」

「妳好。」女子一笑，「嗯，我們前幾天才剛搬過來。我姓何。」

我當下第一眼看見這個阿姨的感想是：哇，好有氣質！

她留著一頭短髮，身上穿的衣服很時尚，笑容也很優雅。接著我注意到阿姨身邊站著一個男孩，他的年紀看起來跟我差不多，穿著吊帶褲，身高與我相仿，有著一雙濃眉和圓圓的大眼，儘管雙頰帶著尚未消去的嬰兒肥，可看得出是個五官很端正的小帥哥。

「這是我兒子。」阿姨摸了摸他的頭，「今年要升小三。」

「跟我們家妹妹一樣大呢！」媽媽笑道：「讀華英國小嗎？」

「嗯。」

「太棒了！以後他們可以一起上學，交個朋友也不錯。」媽媽似乎聊開了，一把將我拉過來，「永斐，跟哥哥打聲招呼。」

我皺眉。明明是同個年級，為什麼他是哥哥？

我看著他，沒有做出任何動作。

我討厭男生。

我們班上的每個男生都很幼稚，有事沒事就愛捉弄我，而且外表都髒兮兮的。

雖然他看起來很乾淨，感覺也沒有像班上的男生一樣討厭，但也許是我平時都跟女生玩的關係，我一時不知道該怎麼跟他互動。

或許是見我沒反應，他主動伸出手，「我叫何岳，請多指教。」

他燦爛一笑，大眼瞇成了月彎形。

我感覺到雙頰猛地開始發熱，我想大概是因爲天氣太熱了。

望著他停在半空中的手，過了半晌我才慢慢伸手回握他。

「……我叫孫永斐。」

然後，我看見他嘴角的弧度加深。

從那一刻起，何岳的笑容便深深烙印在我腦海中。

小學三年級開學的那天，何阿姨因爲音樂教室剛開幕忙不過來，就拜託媽媽帶我和何岳一起上學。

「永斐、何岳，你們要好好相處喔。」媽媽摸了摸我跟何岳的頭。

「嗯。」我看了何岳一眼，自顧自地往教室的方向走去。

我和何岳都被分到三年五班。對於媽媽叫我好好照護何岳這件事，我覺得很莫名其妙，我又不是他媽媽，正確來說他年紀比我還大，怎麼會是我照顧他？

由於學校不大，班上有一半的人過去兩年都和我同班，我很快便和班上同學打成一片。我偶然瞥向何岳，只見他坐在教室的角落，一個人安靜讀著小說，看起來有點孤單。

不知道爲什麼，見到這一幕之後，我的心裡多了一絲罪惡感。畢竟他最近才搬來，我是不是應該幫助他融入班上？

不過由於當時正處於男女壁壘分明的年紀，如果我突然跟何岳示好，感覺有點奇怪和尷尬，所以最後我決定假裝視而不見。

放學後，我見到何岳一個人站在校門外，似乎是在等人，然而我們也沒有約好要一起走，於是我就自己回家。之後的一個星期也都是如此，何岳總是一個人坐在位子上看書，放學一個人站在校門口等人。

「妳怎麼沒跟何岳一起回來？」某天放學，媽媽一臉驚訝地問我。

「為什麼我要跟他一起回來？」我皺眉。

「因為你們是鄰居啊！不是叫妳好好照護何岳嗎？」

被媽媽責備一番後，我才知道原來我應該要和何岳一起回家，所以隔天放學我尾隨他走到校門口，但正當我打算出聲叫住他時，一個肥胖的身影忽然擋在我和何岳之間。定睛一看，是我們班上的小胖，這個暱稱來自於他那肥胖的身材。

「你是笨蛋吧？」我聽見小胖用嘲諷的語氣對何岳說。

然而，何岳只是雙手抓著書包的肩帶，皺眉望著小胖，沒有作聲。

「你講話怪腔怪調的，連國字都不會寫，你根本是腦袋有問題吧！我們才不跟笨蛋玩！」語畢，小胖從地上抓起一把沙朝何岳身上扔去，「大、笨、蛋！」

天啊，也太髒了吧！小胖他居然直接從地上抓沙，他都不怕細菌嗎？

更扯的是，何岳竟然完全沒有閃躲，就這樣站在原地不動任小胖攻擊，發現何岳不會反擊，小胖從地上撿起一顆石頭。

目睹這一幕，我嚇了一跳。要是被石頭打到頭的話，豈不是真的要變成笨蛋了？

眼看小胖就要把石頭丟出去，我情急之下拿起手中的 Hello Kitty 雨傘，衝上前用力往小胖的屁股打。

「好痛！」小胖大叫。

何岳終於有了反應，整個人往後退了一大步，臉上露出驚訝的表情。

搞什麼！這胖子拿沙丟你，你都沒反應，我好心出來救你，你怎麼反而一副被我嚇到的樣子，好像我才是壞人？

「孫永斐，妳幹麼打我？」

「我……」我結巴了幾秒，接著理直氣壯道：「我看到你欺負何岳！你不但拿沙子丟他，還罵他是笨蛋，我只是路見不平，拔刀相助！」

「我、我怎樣關妳什麼事啊！」小胖大聲說，作勢要拿石頭丟我。

見狀，我反射性抱住頭，然後開始大哭。

假裝大哭。

「我要跟老師說你欺負我，還想打我。」我用哭腔道，小胖聞言不禁緊張了起來。

我們周遭逐漸圍了許多看熱鬧的人，最後小胖丟下一句「我討厭你們」，就快步跑離現場。

等小胖離開後，我抹去臉上硬擠出來的幾滴淚水，走到何岳身邊，「你爲什麼不回嘴？」

他似乎依舊相當驚訝，過了好幾秒才回過神。

「其實……我聽不太懂他剛才在講什麼。」

聽不懂？我皺眉，他該不會眞的是笨蛋吧？

「我剛從美國搬回來。」他低頭小聲說：「有時候大家講話講太快，我會聽不太懂……我沒學過注音，也看不太懂國字。」

我一愣，「你在美國長大的？」

「嗯。」他點頭。

我眨了眨眼，好酷喔。

「那你爲什麼會搬回台灣？」

「我也不知道。某天我媽就說要搬回台灣，也沒有告訴我原因。這是我第一次回台灣，我對這裡很不熟，也不太敢跟班上的同學說話。」

見到他有點失落的模樣，我突然覺得很愧疚。

「你放學後站在校門口，是在等你媽媽嗎？」

「嗯。」他點頭，「因爲我還記不得回家的路……可是我媽很忙，有時候要到五點才有空來接我。」

五點！那離最後一堂課的下課都快要一個小時了。

我沉默了幾秒，然後拉起他的手，「走啦。」

「去哪？」

「回家啊。」我理所當然道：「我們不是鄰居嗎？以後一起走吧。」

聽我這麼說，他眨了幾下大大的雙眼，「謝謝……」

「謝什麼啦。」

何岳笑了笑，「還有，妳剛才好帥喔。」

看著他好看的笑容，我忽然有點不好意思，「我是女生耶，帥是用來形容男生的好嘛，你的中文能力要多加強。」

我避開他的眼睛，怕他發現我臉紅了。

我記得，那天我們的手直到回到家前都沒有放開。

從那天起，我和何岳便一直保持「一起上下學」的關係。

直到我升上小學四年級那年，事情才開始有了轉變。

我爸媽都是大學教授，兩人是在盛宇大學念書時認識，畢業後都選擇繼續攻讀博士，走入學術界。

從小到大，外界的人都稱我爸媽爲「力量夫婦」，因爲他們皆在台灣頂尖的大學任教，也在各自的領域有一番成就。不過儘管他們事業有成，我的家庭卻不美滿。

我想不起來是從什麼時候開始，晚餐時爸媽不再交談、爸爸睡覺的地方從主臥室搬到書房、假日我們全家不再出去玩。爸媽爭吵的頻率逐漸增加，好像什麼事都可以吵。

「昨天……你們家還好吧？」上學途中，何岳這麼問我。

「嗯。」我點頭。

昨晚爸媽又是爲了什麼吵架？

爲了錢？爲了工作？或者只是單純因爲他們不喜歡對方？

也是在那個時候我明白了一個道理，原來太相似的人是不能在一起的。

正因爲爸媽都是非常聰明而自負的人，所以只要有一點意見不合，他們就會吵得沒完沒了，只爲了證明自己才是對的那一方。

可有些事情，不單單只是黑與白、對與錯的差別，他們懂嗎？

「妳如果心情不好，可以來我家。」何岳講得小心翼翼，似乎是怕我生氣。

「謝謝你，何岳。」我嘆了一口氣。

每天旁觀爸爸媽媽沒完沒了的吵架，讓我的心也累極了。

可這樣的生活也沒有持續太久，某天爸爸在吃完晚餐後，拿出一張紙交給媽媽，四年級的我已經能看懂許多國字，而那張紙上清清楚楚寫著五個大字：離婚協議書。

之後爸媽又是一陣激烈爭吵，我腦中卻不停想著幾件事。

離婚。

爸媽要分開了。

如果要選擇，我要跟誰？

我被拋棄了嗎？

想著想著，眼淚忍不住掉了下來，但爸媽完全沒有注意到。

我衝出家門，耳邊響起何岳那天說過的話，於是我來到他家門前，按下電鈴。

幾分鐘後，何岳打開大門，見到我哭喪著臉，他著急地問：「妳怎麼了？」

然而，我只是不停哭泣，什麼話也說不出來。

「孫永斐，妳別哭啊！」何岳手忙腳亂地安慰我，並把我帶進他家。

那是我第一次踏進何岳的家，裡面的樣子比房子的外觀還漂亮，乾淨又充滿文藝氣息。

何岳拿了一盒面紙給我，然後安靜地坐在我旁邊等我哭完。過了許久，我終於哭累了，對何岳說：「我爸媽要離婚了。」

他眼中多了一絲驚訝，接著皺起眉頭，「對不起……」

「你幹麼道歉？又不是你害的。」我嘆了口氣，「聽他們每天吵架，我就有預感離婚是很有可能的事情，但眞的發生的時候，我還是覺得好難過……他們根本沒想過我的感受，也不在乎我。爲什麼大人這麼自私？」

想到這，我又是一陣鼻酸。

何岳似乎也不知道該說什麼話來安慰我，最後，他將我從沙發上拉起。

「怎麼了？」

「我給妳看一樣東西。」

他帶我來到一扇房門前，一打開門，一架漂亮的三角鋼琴映入眼簾，房間的角落擺放了許多樂器，書櫃裡也塞著滿滿的琴譜。

「這是……」

「我的練琴室。」

「該不會那個每天晚上都在彈琴的人……」

「是我。」

我睜大眼，一時間說不出話來。

自從何岳搬來之後，每晚我都會聽到悅耳的鋼琴聲，但我一直以爲那是何阿姨彈的，因爲演奏的水準很高，彈得全是些我們這個年紀難以駕馭的曲子。

他將我帶到鋼琴椅坐下，「妳知道貝多芬的〈月光〉嗎？」

我點頭。

「那是我最喜歡的曲子。」他淺淺一笑，「我彈給妳聽，好嗎？」

我再次點頭。

何岳閉上眼，雙手放在黑白的琴鍵上，然後開始演奏。他指尖熟練地滑過琴鍵，清脆的琴聲迴盪在房間，每個音符都充滿情感，充分展現出樂曲的靈魂。

望著何岳彈琴時的認眞神情，我不禁有些出神。

我沒想到他居然是鋼琴神童，更不知道原來他有這麼有魅力的一面，即便在那個年紀我不懂什麼叫做喜歡，但至今我仍記得當時心中強烈的悸動。

在落下最後一個音後，他轉頭看向我，「每當想念我爸的時候，我就會彈這首歌。」

我眨了眨眼，不明白他的意思。

「我從來沒見過我爸爸。」

聽他這麼一說，我才猛然意識到，從何岳搬過來到現在，我從來沒有看過何叔叔，一直以來都只有何阿姨與何岳相依爲命。

「我記得從我懂事之後，我就常問我媽關於我爸的事。」他緩緩說道：「而我媽總是跟我說，我爸是一名太空人，在我出生前就出發去外太空，不知道什麼時候才可以回來。我的名字本來應該是何月，月亮的月，因爲我爸現在正在月球上，但我是男生，怕名字太女性化，所以改成岳。」

我點頭，同時也意識到，平時何岳身上總是散發出一種超齡的成熟，此刻講出這番話的他，大概是我見過他最像小孩子的一面。

「我媽說，我爸最喜歡的作曲家就是貝多芬，因此如果我想他的話，只要彈奏〈月光〉，在月球的爸爸就能感受到我的思念。」他低聲一笑，搔了搔頭，「當然，長大後我知道這些話是我媽騙我的，但是每當我覺得孤單寂寞的時候，我還是會彈這首歌。也許我心裡還是相信我爸在某處等我，只要繼續彈這首歌，總有一天，他會感受到我的思念。」

他表情認眞地看向我，「不過我想跟妳說的是，妳比我幸運很多。或許妳爸媽不愛對方，可這並不代表他們不愛妳，也許他們選擇分開是爲了妳好，因爲他們不想讓妳再繼續每天身處於爭吵中。就算他們離婚，他們還是妳的爸爸媽媽，這一點是永遠不會改變的。」

聽完何岳安慰的話語，我的心情瞬間好上許多。

或許，我眞的該換個角度去看待事情。

「而且，妳不會孤單，因爲妳還有我。」

在那瞬間，我感覺自己的心臟漏跳了一拍。

從何岳那雙明亮的眸子中，我見到自己愣住的倒影。

「永妻，我會一直陪著妳的。」他直視我，「我保證。」

當時何岳注視著我的眼神，是我這輩子看過最堅定、最眞誠的眼神。

✦

原本何岳說星期天晚上才要離開桃園，可在星期六傍晚，他突然傳了一封簡訊給我，說改成早上出發。我問他原因，他卻沒有答覆，十分鐘後，我家的門鈴響起。

一開門，只見何岳就站在門外，他的表情不太好，肩上背著一個行李袋，看起來像個離家出走的少年。

「怎麼了？」我皺眉。

他走進我家，嘆了口氣，「我跟我媽吵架，留在家裡太尷尬了。今晚我可以住妳家嗎？」

我驚訝地瞠大眼，沒料到他會這麼問。

「不方便嗎？」見我沒反應，何岳擰起眉頭，「如果不行的話……」

「不會不會。」我趕緊搖頭，怎麼會不方便，我開心都來不及呢，「我媽跟她朋友出去了，應該要很晚才會回來，反正她也不會在乎。」

何岳來到我的房間，看到我的衣服和東西散落滿床，他忍不住笑出聲，「妳的房間怎麼還是這麼亂？」

被他這麼一說，我突然覺得很不好意思，連忙把床上的東西移到椅子上。

雖然認識這麼久，我在何岳面前早就沒什麼形象要顧，但被喜歡的人這樣說，我還是覺得有點丟臉。

「所以，你和你媽到底怎麼了？」

聽我這麼問，何岳的表情稍微垮了下來，然後嘆了口氣，「爲了同樣的事情。」

「你是說進演藝圈嗎？」

「嗯。」他點頭，「我本來晚上訂了一間餐廳要幫她慶生，可是吃到一半我們就吵得不可開交，我媽甩頭就走。既然她這麼不想看到我，我也不想在家裡多待了。我想以後我大概也不會常回來了，每次都爲了同樣的事情吵架，我也累了。」

「我想以後我大概也不會常回來了。」

這句話在我耳邊不停重複，心裡的話下意識脫口而出：「你不回來，那不就代表我再也看不到你了嗎？」

聞言，何岳不禁笑出聲，「傻瓜，都在台北，哪有什麼看不到？」

「可是你那麼忙……」

「那是因爲現在是宣傳期。」他摸了摸我的頭，「以後妳可以來公司找我，我會跟Jason說的。」

「眞的？」

「嗯。」他點頭。

Yes，我忍不住在心裡慶祝這個小勝利。

「不過，你媽到底爲什麼這麼反對你進演藝圈？換作是我媽的話，當星媽她高興都來不及了。」關於這一點，我怎樣也想不通。

何岳的右眼角微微抽動了一下。以前我就注意到，每次只要一說中他的心事，他的身體就會不由自主產生這個反應。

「我也不知道。」何岳聳肩，眼睛卻刻意避開我的視線，「她覺得進演藝圈是在淌渾水。」

我抿了抿唇。

我知道他在敷衍我，不過我沒有繼續追問下去。

「昨天妳說，我媽一定會爲我感到驕傲，但妳知道嗎，我的專輯裡有一首歌是寫給我媽的，可是我的歌她到現在一首都沒聽過，我送給她的專輯，連包裝也都還沒有拆開。」他諷刺地笑了下，「看來，她眞的把某些事情看得太重，完全忽略我的感受。」

「某些事情」到底是指什麼……何岳，你不跟我說，我沒辦法安慰你啊。

「別想太多。」我拍拍何岳的肩膀，「我為你驕傲就夠了！」

聽我這麼說，他又笑了，「謝謝，有妳眞好。」

明明心動得要命，我卻嘴硬地說：「知道就好！」

「對了，昨天我不小心睡著，醒來時妳已經走了，所以沒問妳最近還好嗎？」何岳搔了搔頭，「抱歉，我這段期間每天都在跑活動，沒什麼時間回妳訊息。」

不知道為什麼，我突然覺得滿感動的。何岳雖然很忙，卻沒有全然將我拋諸腦後，想起之前是如何在心裡咒罵他的，我默默在心裡跟他說了一聲「對不起」。

「我很好，就是上學很累。」我大嘆了一口氣。

「沒辦法，在盛宇大學念書本來就不會輕鬆到哪裡去。」他打趣道：「妳當初好不容易才考上的，可別因為偷懶被退學啊。」

唉，我當初是為了你才考的，結果你中途休學，而我被課業壓垮，現在想一想，還眞不知道值不值得。

「話說，妳還在那個……」他思索片刻，「系學會嗎？」

一聽到那三個字，我的臉垮了下來，點點頭。

「還好吧？」

「不好。」我實話實說，「很累，而且我不喜歡裡面的某些人。」

例如，楊巧妍。

「妳這個人個性很直接，做事常不經過大腦，在不喜歡的人面前，記得不要表現得太明顯，不然會吃虧的。」

「你幹麼間接罵我？」我不滿。

「我是擔心妳。」何岳嘆氣，「太累的話，就退出吧。」

「我會的。」不管周凡動怎麼求我都沒有用。

後來我們聊了許多事，包括他公司的其他藝人、上節目發生的事情，還有之後的活動。我們已經很久沒有像這樣長聊了，這讓我有種回到過去的感覺。

晚上，我讓何岳睡在我爸的書房。他看起來很累，倒頭就睡，我也沒有打算吵他，只不過當我將燈關掉，房間陷入一片黑暗時，那天宣寧問我的問題忽然在我耳邊響起。

「何岳……」

「嗯……」他聽起來快睡著了。

「我可以問你一個問題嗎？」

「什麼問題？」似乎是聽出我的語氣帶著些許保留，何岳瞬間清醒許多。

「你說你的專輯裡面有一首歌是寫給你媽媽的……」我嚥了口口水，「那，你寫〈別告訴我〉這首歌，是因爲汪予葳嗎？」

我不知道是不是我問錯了問題，或者是戳中了他的痛處，過了許久，何岳都沒有回答我，一片死寂籠罩著我們。

良久，我才聽到他用著我幾乎快要聽不見的聲音道：「……可以這麼說吧。」

同時，我也後悔自己幹麼要問出這個問題。

隔天早上，Jason的車停在我家門前。

「嗨，我是Jason，妳就是永婓吧？我常聽何岳提到妳。」Jason一下車便熱情地擁抱我，「很高興認識妳。」

雖然我一直對何岳的經紀人有所耳聞，卻從來沒有見過本人，沒想到他居然這麼年輕，看起來只有二十幾歲，而且有種ABC的感覺。他穿著一件格紋襯衫和牛仔褲，比起經紀人，我覺得他的長相和打扮更像是個明星。

「很高興認識你。」我說，「還有，不好意思麻煩你了。」

「小case，何岳的朋友就是我的朋友。」他爽朗地笑了幾聲，很紳士地幫我拉開後座的門，何岳則坐到副駕駛座上。

Jason是個很健談的人，一路上劈里啪啦聊起許多事情，例如他當經紀人的經歷和帶何岳時發生過的趣事，反倒是何岳一直很安靜，什麼話也沒說。

他該不會是因爲我昨天晚上的問題在生氣吧？

「啊，對了，何岳，BC製作的韓總說他很欣賞你的作品，希望可以邀請你成爲他們今年秋季晚宴的表演嘉賓之一。」

聽Jason這麼說，何岳終於有了反應，眼中充滿驚喜，「眞的？」

「嗯哼。」Jason點頭，並拍了拍何岳的肩膀，「我已經幫你答應了，這是一個很好的機會，最近好好練習吧！」

「秋季晚宴是什麼？」我忍不住問。

「BC是台灣目前最大的電影、電視劇製作公司，出產的每部作品幾乎都會得獎。他們每年都會舉辦一場秋季晚宴，邀請一些政商名流和投資人參加，是一個很好的社交場合。」

「聽起來很酷。」我點頭。

「有興趣？」Jason挑眉，「我這裡有多的邀請函，妳要的話可以給妳一張，這樣妳也可以去看何岳表演，怎麼樣？」

「可以嗎？」我睜大眼，「可是我又不是名人。」

「哈哈，沒差啦！反正這些本來就是要給公司的一些小模，而且我覺得妳算是潛力股，打扮一下應該會比她們更漂亮。」他從口袋拿出一張邀請函，俏皮地眨眨眼，「我說了，何岳的朋友就是我的朋友。」

我接過邀請函，接著朝何岳看去，「我可以去嗎？」

他的表情似乎有些猶豫，過了許久才終於點頭，「嗯，如果妳來看我表演，我會很高興的，不過，去之前記得跟我聯絡。」

「耶！」我先是高興地從後座環抱住何岳，再給Jason一個大大的擁抱，最後將邀請函小心收進包包裡。

感覺，我終於要踏入何岳現在的世界了。

第二章

望著前方許多雙盯著我看的眼睛，我才發現系學會裡有一大部分的人我都不認識。也許是因爲周凡動的魅力太大，今年招生時有滿多新生加入的，尤其是女生。周凡動雖然沒到天菜的等級，但斯文的外型配上溫柔的個性，似乎是很多女生的菜。

「呃……」我咳了幾聲，開啓趕在今天早上最後一秒做好的投影片，「關於系上的活動，我提議我們可以烤肉。」

我才剛開口，便聽到楊巧妍在台下小聲嘀咕：「中秋節都過了，還烤什麼肉。」

我在心裡翻了一個白眼，繼續說：「照過去的出席率看來，只要是牽扯到食物的活動，參加人數都比較多，我認爲烤肉這項活動就非常適合，不但有吃的又有互動，我們甚至可以在晚上舉辦一些聯誼活動，我相信應該會有很多人想要參加。」

其實，這些話都是我亂掰的。由於之前迎新的所有活動都是詩芸一手包辦，這次的活動就輪到我來計畫，可因爲週末回家的關係，我完全忘了今天開會要交企畫案。

幸好詩芸有先見之明，今天早上特地傳了一封簡訊提醒我，不然我現在大概已經被楊巧妍罵得狗血淋頭了。

「我覺得月底算是一個不錯的時間。學校後山有提供場地租借，以學生的身分去登記，費用幾乎是零，我聽說那裡的風景很棒，可以直接眺望台北市的夜景。」

我講完，全場一片安靜。

我望向周凡勳，從他的表情，我看不出他對於這個提案有何感想，不過旁邊的詩芸向我點頭，眼神似乎是在說沒有我想像中的差，最後周凡勳終於開口：「可以，我覺得這個想法還不錯。」

眞的假的？我心裡的話差點脫口而出。

「租場地的事就由妳負責，其他的工作分配，我會幫妳處理。」他說，然後視線掃過其他人，「至於妳剛才提到的聯誼，我個人覺得滿有趣的。我認爲我們可以跟別的系一起辦這個活動，畢竟應該不會有什麼人想要跟自己系上的人聯誼，你們認爲呢？」

聞言，大家紛紛點頭，接著開始起鬨。

「可不可以找醫學系的，解決我的後顧之憂？」

「我聽說企管系的男生都很帥！」

「找外文系啦，每個女生都超有氣質的！」

「好好，我會看著辦的，下星期再跟你們說結果，今天的會議就先到這。」周凡勳轉頭對我說：「孫永斐，不錯。」

「謝謝。」雖然有點心虛，我還是接受了他的讚美。

偷偷瞥了楊巧妍一眼，她看起來有點不爽，我不禁在心裡慶祝這個勝利。

一走出會議室，我便看見在門外等我的宣寧。

「抱歉，妳等很久了嗎？」我連忙快步上前。

「還好，五分鐘吧。」她搖頭，小聲地問：「剛剛走出來、戴著眼鏡的那個男生是誰？」

我想了片刻，「妳說周凡動？他是我們會長。」

「會長！」宣寧的眼睛瞬間亮了起來，「每次聽妳抱怨系學會的事，我還以爲裡面的人都是拐瓜劣棗，沒想到居然有這麼優的男生！」

「我都不知道妳喜歡這型的。」我調侃她，「妳不是喜歡陽光運動型的男孩子嗎？什麼時候開始喜歡書生了？」

「我現在就喜歡這種類型的，四肢發達有什麼用？男人要有頭腦才行。」宣寧用手肘頂了我一下，「介紹一下？」

「我們月底會辦一個烤肉聯誼活動，妳可以來啊。剛好我們在找別的系一起辦，妳們法律系有沒有興趣？」

「烤肉聯誼？」宣寧露出一個納悶的表情。

「不准笑，這是我提出來的點子。」

可她完全不給我面子，放聲大笑，「果然是妳這種腦袋會想出來的東西。不錯不錯，很有吸引力，我會幫妳問問看的！」

我無奈地嘆了一口氣，拉著她迅速走出大樓。

「不過妳怎麼會突然想逛街？」去東區的路上，宣寧好奇問：「是要特別買什麼嗎？」

「我需要買一件好看的禮服。」

「禮服？爲什麼？」

於是我將秋季晚宴的事情告訴宣寧，她聽完，嘴不禁張成O字型，並用力搥了我一下，「妳眞不夠意思，居然沒有幫我也要一張邀請函！」

「哎呀，這又不是我能做的事。」我無奈道。

「所以妳那天會看到很多明星嘍？現在台灣幾乎有一半的電影和電視劇都是BC製作的，應該會有很多大咖參加吧？」

我聳肩，「我不知道。」

我對其他明星沒有絲毫興趣，我只想見到何岳。

「如果有碰到林俊傑或是羅志祥等知名藝人，記得幫我要簽名啊！」宣寧挽起我的手興奮道：「走吧，去挑一件漂亮的衣服，搞不好妳運氣好的話，也可以進演藝圈，或是交個模特兒男友。」

「別鬧了啦。」我忍不住笑出聲。

逛了東區一整圈後，我終於在一家服飾店找到一件適合的露肩小禮服，可愛中帶著性感，卻又很正式，我和宣寧都認爲那是一個很合適的選擇。

雖然價錢有點貴，但是爲了何岳，一切都是値得的！

我愈想愈期待晚宴的來臨，完全壓抑不住臉上的興奮。

我在腦中設想過好幾種劇本，包括何岳的表演、晚宴華麗的場景、他看到我的打扮時的反應。

唯獨沒想過，那天會有另一個人闖入我的世界。

✦

「謝謝你。」將兩千元現金交給修窗戶的工人，我禮貌地送他到門口。當大門一關上，我立刻陷入一陣慌亂。

「天啊，已經快五點了，我怎麼可能來得及啊！」

我手忙腳亂地拿出衣服、鞋子和化妝品，然後衝到浴室開始化妝打扮。

今天是秋季晚宴舉辦的日子，地點在台北市的五星級悅豐酒店，然而此刻我卻還身處在偏僻的桃園。

而這只是因爲昨天不知道是哪個神經病拿棒球打破了我家的窗戶，媽媽便約了修窗師傅來家裡修理，偏偏她今天又要去日本參加研討會，只好叫我回來處理這件事。

雖然我心裡百般不願意，但也不放心讓家裡的窗戶就這樣破著，畢竟我們家是獨棟的房子，窗戶離地面只有幾公尺，如果壞了很容易遭小偷，而且媽媽這個週末又不在家。

晚宴七點開始，我的準備時間大概要一個小時，從這裡去到台北的車程也要一個小時，如果我動作快一點又一切順利的話，應該不會遲到太久。

我拿起手機，傳了一則Line的訊息給何岳。

孫永妻：何岳，你的表演是幾點？

何岳：八點。

這次他不到五分鐘就回我訊息了。

看到他的回覆，我不禁鬆了一口氣，同時緩下化妝的速度。

何岳：妳到的時候記得打給我，我會過去找妳，今天參加的人很多。

孫永斐：好！

見到何岳關心的語句，我忍不住嘴角上揚。

凝視著鏡中的自己，我思考著要化什麼樣的妝，以及該用什麼樣的眼線、眼影、口紅。雖然我平時就有化妝的習慣，但通常都是化淡妝，對於正式的場合適合什麼妝容不太熟悉。不過儘管如此，因爲這個機會相當難得，我想盡力讓何岳看到我打扮得漂漂亮亮的一面。

最後，我選擇了比較保險的素色妝容，用咖啡色系的顏色做眼影的底，搭配紅色口紅，並將頭髮夾直，再換上那天買的禮服和一些飾品。

我對於自己的打扮相當滿意，拿起包包正準備離開時，卻突然發現一件非常重要的事情，瞬間臉色大變。

我、沒、有、錢。

看著皮包裡加起來不到一百塊的零錢，我低聲咒罵了一句：「Fuck.」

由於媽媽走得太匆忙，忘了留修窗戶的錢給我，我只好先自掏腰包，將原本打算坐計程車回台北的錢拿去墊修理費。

我將家裡每個角落都找了一遍，卻只搜出幾枚硬幣。媽媽出國的時候，向來習慣將家裡的房間上鎖，所以我也沒辦法進主臥室拿錢。

怎麼辦？總不能叫我穿著這身打扮去搭公車吧？而且搭公車百分之百會遲到。

我咬住下唇，心裡陷入一陣恐慌。

我的視線無意間晃過牆上的鑰匙櫃，一個想法忽然閃過我的腦中。

「不要吧……」我甩了甩頭，還是有點敵不住誘惑。

在和理智拉扯了幾分鐘後，我低聲說了一聲「YOLO」，然後抓起車鑰匙出門。

You only live once.

每個人一生只活一次，不做點瘋狂的事情，怎麼能叫活著？儘管我覺得我這叫找死，不叫瘋狂，但都到這個地步了，隨便吧！

一進到媽媽的車子裡，我立刻被裡面的灰塵嗆得咳了好幾聲。

媽媽在兩年前換了一輛新車，於是這輛她開了快二十年的 Toyota 瞬間被打入冷宮，停在車庫裡長灰塵。

「孫永萋，妳可以的。」我發動車子，先是禱告了一番，接著踩下油門。

我滿十八歲那年就被媽媽送去學開車，只一次就輕鬆通過路考，然而自從拿到駕照之後，我就再也沒有碰過方向盤，道路駕駛經驗可以說是零。

不過我想開車應該不算太難，至少我開到現在都還沒有遇到什麼狀況，我最擔心的高速公路行駛也因爲塞車的關係，時速落在我能駕馭的範圍內。

可也是因爲塞車，我只能眼睜睜看著時間一分一秒過去，車子卻前進不到幾公尺。

「進到市區一定會塞得更誇張……」

再這樣下去，我肯定趕不上何岳的表演。

我打開Google map研究了一下，發現有另一條路線可以抵達悅豐酒店，雖然必須繞路，但可以避開塞車路段，花費的時間還是比較少的。

於是下了高速公路後，我沿著新路線開去，路況果然比平常台北市區車水馬龍的場景空曠許多，路上也沒什麼行人。

眼看時間逐漸逼近七點，我加快速度朝悅豐酒店開去。

在經過一個空曠的十字路口時，由於前方的燈號即將由黃燈轉爲紅燈，我一時心急，爲了想省那九十秒的等待時間，即便距離路口還有好幾公尺，我仍硬是踩下油門。

只不過，我太高估這輛古董車的馬力了。我車子還沒過路口，紅燈便亮了，一輛轎車突然從右方出現，雖然我立刻踩下煞車，卻也已經太遲了。

碰！

我的車頭不偏不倚地撞上右方直行的轎車，猛烈的撞擊力道令我的頭大力撞上方向盤，我眼前登時一片黑暗，下一秒，疼痛又將我拉回現實。

我花了幾分鐘撫平紊亂的心跳，接著趕緊下車檢查車況。

Fuck.

即使有煞車作爲緩衝，沒有撞得特別大力，可這依舊不是車齡二十年的Toyota古董車可以承受的力道，車頭整個凹了進去。

我懊惱地閉上眼。媽媽肯定會把我殺了。同時，被我撞到的車主也下了車。

他一身筆挺的白色襯衫和深藍色西裝褲，胸前繫著一條淺灰色領帶，衣服剪裁得極爲合身，襯托出他修長結實的身材，光是下車這樣簡單的動作，我就被他身上散發出的強烈貴氣弄得一怔。

隨後我瞥見他那輛被我撞出凹痕，市價三百萬起跳的BMW三系列。

我完了。

他先是檢查車子被撞的位置，然後轉頭看向我。

「紅燈不能前進，連最基本的交通規則都不知道？」他低沉的聲音很有磁性，雖然語氣平靜，卻帶著一種無形的威脅。

我瞪大眼睛，說不出話來，只是眨也不眨地盯著他。

他擁有一張俊美的臉蛋，濃眉、英挺的鼻梁以及線條分明的臉型，立體的五官柔中帶剛，是那種走在路上會讓人想要多看一眼的長相。

而他的膚色偏白，與他那頭乾淨清爽的黑色短髮形成強烈對比，烏黑的眸子如同大海般迷濛深邃，藏在底下的卻是淡漠，給人一種冷峻的感覺。

見我一直沒反應，他皺起眉頭，「不會說話？」

他似乎以為我是啞巴。

「對、對不起，我不是故意的！」我回過神，連忙向他鞠躬道歉。

他原本想要說些什麼，又突然止住，回車上抽了幾張衛生紙給我。

我有些納悶地回望他，於是他指向我剛才撞到的地方，「流血了。」

聽他這麼一說，我忽然感覺到有一股溫熱的液體正沿著我的臉頰邊緣滑落，趕緊接過衛生紙，將臉上的血跡擦乾淨。

「謝謝……」

他沒有理我，只是從口袋拿出手機按了幾個號碼，「喂，這裡是森南路和延平路的交叉口，有兩輛車子互撞，駕駛沒事，可以派警察過來嗎？」

我懊惱地閉上眼。

完蛋了。

不到二十分鐘，一輛警車就抵達現場，警察先是快速檢查了一下現場，見我們兩個都沒有大礙，便拿出紙筆開始做筆錄。

「名字？」

「孫永婓。」

「韓遠。」

「年齡？」

「十九。」

「二十。」

「駕照拿出來。」

我和韓遠各自將駕照遞過去，警察迅速記下我們的資料。

「所以事發經過是什麼？」

聞言，韓遠看向我，雙手環抱在胸前，像是要我爲自己闖下的禍做解釋。

「我闖紅燈……」我避開警察的視線，有點心虛地說。

「現在年輕人開車眞的是路都不看……」警察搖頭，嘴裡念道。

「對不起！我在趕時間，想說路上沒有其他車子，沒有想到會發生這種事情。」我連忙道歉，並瞎掰了一個理由，「今天是我姊姊的婚禮，我從桃園開車來台北，只是因爲不想遲到才會……」

我硬是擠出幾滴眼淚，用哭腔道，同時在心中大喊：慘了。

現在已經七點半了，再這樣下去，我肯定會錯過何岳的表演。一想到自己是多麼期待今天的來臨，還有費了多少心思打扮，如果錯過何岳的表演，我眞的會哭死。

聽到我的說詞，警察似乎多了一點同情心，原本不屑的眼神也收斂不少。

我瞥了韓遠一眼，只見他不時看向腕上昂貴的勞力士手錶，好像很在意時間。

「修理和賠償的部分，可能要請你們聯繫保險公司，或是要私下和解也可以。」警察說，我則有些膽怯地望向韓遠。

我這輛老爺車是沒有保險的，至於他的百萬名車，我猜光是補烤漆大概就要好幾萬元起跳。一想到這個金額，我就想把自己埋起來。

「好。」我聽見他說，「私下和解吧。」

警察點頭，做完最後的手續後便離開了，留下我們兩人在現場。

「電話號碼給我，我會聯絡妳的。」

我點頭，將聯絡資訊輸入他的手機，然後目送他回到車子裡。

不到幾秒鐘，他那輛白色BMW就消失在我眼前。

來到悅豐酒店，我將車鑰匙交給泊車小弟，接著用最快的速度找到電梯。

而這時已經是七點五十八分了。

電梯門一打開，我便聽見前方的晚宴廳傳來人群的說笑聲，背景迴盪著優雅悅耳的古典音樂。我整理了一下儀容，確定自己看起來不會很狼狽後，才往晚宴廳走去，並將Jason給我的邀請函交給門口的服務生。

一進場，我立刻被裡面金碧輝煌的場景所震撼，華麗的水晶吊燈、長桌上擺滿各式各樣的精緻食物和飲品、悅耳的音樂，一種高雅的貴氣籠罩著整個會場。

我稍微環顧四周，每個人都打扮得非常體面，手中拿著酒杯互相說笑，舉手投足間散發出一種不同於平常人的自信。

這……就是何岳現在身處的世界嗎？好不一樣，彷彿是我們這種普通人無法進入的。

忽然，晚宴廳的燈光變暗，聚光燈打在舞台上，全場的目光焦點瞬間落在台上穿著黑色西裝的男子身上。

「很感謝在場的各位抽空參加BC今年度的秋季晚宴，希望大家到目前都還玩得愉快。」男子一開口，現場馬上安靜下來，「今年的秋季晚宴，我很榮幸邀請到一位非常有才華的男孩，相信你們很多人都知道他。我本身非常喜歡他的音樂，也很期待未來能有機會跟他合作。歡迎，何岳。」

一陣掌聲響起，何岳從舞台左側走出，跟男子禮貌地擁抱，臉上掛著好看的微笑。

他身穿一身筆挺的黑色西裝，胸前繫著一條淺藍色領帶，頭髮也弄了一個比較正式的造型，整個人散發出一種成熟的帥氣。

「謝謝韓總。今天能夠在這個舞台表演是我的榮幸，希望大家喜歡我的演出。」

隨著何岳在黑色三角鋼琴前坐下，全場一片安靜，接著悅耳的鋼琴聲響起，何岳好聽的嗓音迴盪在場內。

今天他沒有唱〈別告訴我〉，而是他專輯裡的其他首歌。

看著在舞台上發光的何岳，我突然覺得我們之間的距離好遙遠。

明明我的位子距離舞台只有幾公尺，何岳卻彷彿置身在我伸手也勾不到的地方。每一次看他表演，不論是在校慶上、電視上還是簽唱會上，我都會有這種感覺。

我以爲我已經習慣了，然而此刻我依然難受了起來。

再次環顧四周，每個人臉上都露出驚豔和欣賞的表情。我也再次明白，耀眼的東西是沒有辦法被隱藏的，就算我比別人早一步發現何岳的好，也沒辦法防止別人注意到他。

我一直認爲何岳不是太陽，因爲他沒有燦爛到讓我張不開眼，而是像月亮一樣，獨一無二，在黑夜裡給予我溫柔的光芒，讓我想一輩子活在他的呵護之下。

這也一直讓我誤以爲，何岳是我能夠追求的。

當何岳的表演結束後，熱烈的掌聲迴盪在晚宴廳，久久不停。我跟著拍手，心裡卻泛起一股空虛感。

彷彿，有什麼東西被奪走了一樣。

這種感覺很是熟悉。

何岳並非一直都是受歡迎的人。

小學那時，由於他剛從美國回來，中文能力不好，花了很多時間才跟班上的同學熟起來。

自從發生小胖事件後，我決定在班上不再對何岳視而不見。我將他拉入我的朋友圈，然後很自然地，班上的其他人也跟著主動接近何岳。

當時的何岳身邊沒有一群人，只有我。

沒有人知道他很溫柔，也沒有人知道他會彈鋼琴，更沒有人知道他很好。

只有我。

事情開始有了轉變，似乎是從我們升上國中以後。

我從小就是高個子，基因來自於我那一百八十五公分高的老爸，國小畢業的時候，我就已經長到一百六十公分，醫生說我最少可以長到一六八。

可是何岳不一樣。

國小時他的身材很瘦小，身高比班上男生矮上許多，上了國中後，他卻突然抽高，從原本跟我平行的高度，長到比我高出一顆頭，標準的一米八。

原先帶著嬰兒肥的臉頰更是蛻變成一張線條分明的俊俏臉蛋，身材也因爲運動的關係變得結實許多，不再是以前乾巴巴的樣子。

青春期眞的很奇妙。

升上國中之後，何岳不再需要我幫他介紹朋友。

雖然我們被分到不同班，但還是保持著一起回家的習慣，每次放學我去何岳的班上找他時，他不再像剛搬來時一樣，獨自坐在位子上讀書，而是跟一群朋友有說有笑的。

他不但改正本來怪腔怪調的口音，成績更是突飛猛進，每次都能在校排的前十名看到他的名字，不像我總是排在中後段。

不過當時的我對於何岳的變化並沒有什麼特別的感覺，只是單純爲他感到開心。

我的心態開始有了轉變，是在國二那年。

某天放學，我去何岳班上找他時，大老遠便看見前方的走廊擠滿了人，踮起腳尖定睛一瞧，被人群圍住的主角之一正是何岳。

他面前站著一位身材嬌小的女生，由於她背對著我，我只能看見她的背影，但是從何岳耳根子通紅、有點不自在的模樣，我可以猜到她打算做什麼。

「加油、加油！」走廊上的人起鬨道。

「何岳，我喜歡你！」女生鼓起勇氣大聲說，將手中的巧克力和卡片遞給何岳，「你人真的很好，而且很帥！」

之後的話因爲眾人開始尖叫，所以我沒聽清楚。

何岳有些不知所措，耳根子瞬間脹紅，他收下女生手中的禮物，兩人說了幾句話後，簡單地擁抱了一下，然後女生就率先離開了，人群也跟著逐漸散去。

這時何岳才發現我的身影，向我揮手，「永斐。」

「哇……」我朝他走去，「你被告白了？」

「嗯。」他搔了搔頭，有些不好意思，「剛才大家都在看，超尷尬的。」

「你接受她的告白了？」

「沒有，但我說我們可以當朋友。」

我們朝校門的方向走去，路上我突然覺得很好奇，「那個女生是誰？」

「隔壁班的同學。」

「你認識她？」

「不太熟。」何岳搖頭，「之前有次在學務處，我看她一個人拿著一疊作業簿很辛苦，所以幫了她一下，之後偶爾在走廊上遇到會打聲招呼，不過也僅此而已，我沒想過她會喜歡我。」

「喔。」我簡單應了聲，心裡卻冒出幾個疑問。

爲什麼她根本不熟悉何岳，卻可以對他說喜歡？

喜歡是這麼簡單的事情？

「她送你什麼？」我瞥向他手中的巧克力，「天啊，GODIVA耶！這一盒超貴的。」

「妳喜歡的話，給妳好了。」

「眞的？」我睜大眼。

「嗯。」他點頭，將巧克力盒子遞了過來，「我不喜歡吃太甜的東西。」

我接過巧克力，然後看著他小心翼翼地把卡片收入書包，見到這一幕，我心裡忽然有點悶悶的，可又說不出個理由。

不過，也是從那個時候開始，我才意識到何岳在女生中其實很受歡迎。

他成績好、人高又帥，再加上給人一種很溫柔的感覺，因此我常可以聽到女生在討論他，當班上同學發現我和何岳是鄰居時，許多人甚至想要通過我認識何岳。

一開始我沒有覺得不妥，但之後我察覺，每當有其他女生麻煩我傳話或是轉交禮物給何岳時，我心裡就會泛起一股不舒服的悶感，和當初看到他把情書小心收起來時的感覺一模一樣。

起初我以爲那是嫉妒，嫉妒何岳的人緣突然變得比我好，後來我才明白，我只是不想跟其他人分享何岳，不想要別人也知道何岳的好。

「永斐，我會一直陪著妳的。」

何岳當時對我做出的承諾，我一直記在心裡。

如果有一天，何岳交了女朋友，他是不是就會忘了他曾經對我說過這句話？

於是從那之後，其他女生託我轉交給何岳的禮物或是情書，我一樣都沒有給他。當然，何岳對此完全不知情，我也不打算跟他說。

「何岳，你可以彈鋼琴給我聽嗎？」

我開始有事沒事就去何岳家裡，要求他彈鋼琴給我聽，每到下課或午休的時候，我也直奔他的教室，把他拉到學校的琴房，不讓他跟其他女生有相處的機會。

因爲這是我的優勢。別人也許知道何岳很聰明、很帥，但沒人知道他是音樂才子。

我喜歡看何岳彈鋼琴，他彈鋼琴時的認眞神情很迷人，整個人彷彿沉醉其中，身體會隨著旋律左右搖擺，偶爾還會不自覺哼出幾個音。

每次凝視他的側臉，我就能感覺到一種奇特的情愫在心裡萌芽，可是國中時期的我不懂得正視自己的心態，只是滿腦子想著一些奇怪的方法，不讓別的女生擁有何岳。

只不過，有太多未知數是我無法掌控的。

高中的開學日，校長因爲認識何阿姨，就邀請何岳爲開學典禮做開場表演。

那天是何岳第一次在舞台上綻放出他的光芒。

聚光燈打在他身上，台下的數百雙眼睛也全聚焦在他身上，我才猛地發現，之前他在琴房只彈鋼琴給我一個人聽根本是暴殄天物，他天生就應該是在舞台上發光發熱的人。

也是從那時起，我和何岳的距離瘋狂拉遠。

他是校草、是鋼琴王子、和校花交往、被星探相中，即使我為了跟上他的腳步而用盡全力奔跑，他卻永遠前進得比我快，而且不曾回頭。

夜晚的月亮，本來就比白天的太陽更引人注目，我怎麼從沒想過這點？

沒有人會直視太陽，但每個人都會欣賞月亮的美麗。

我開始正視自己的心態，卻已經太遲了。

何岳的表演結束後，晚宴恢復原本的流程，一群人聚在一起有說有笑，似乎都是熟識的人。我突然覺得自己在這裡很突兀，因爲我一個人也不認識。

正當我感到尷尬時，我聽見有人呼喚我的名字。

「孫永斐！」

回過頭，何岳正一臉擔心地快步朝我走來。

「何岳……」我微微瞠大眼，沒想到他這麼快就找到我，揚起一抹笑稱讚道：「我有看到你的表演，超棒的！」

然而，他眉頭卻皺得更深，「妳有看到我的表演？」

我大力點頭。

「不是叫妳到的時候聯絡我嗎？」他的語氣多了一絲責備，「我傳了很多則訊息給妳，爲什麼都不回我？這樣我會很擔心，妳不知道嗎？這裡又不是什麼娛樂場合，我還以爲妳發生什麼事了。」

我眨了眨眼，不知道自己是該因爲他生氣而感到害怕，還是要因爲他的擔心而開心。

「對不起……」我低下頭，「我沒看到你的訊息。」

我急著從車禍現場趕來晚宴會場，一心只想著不要遲到，還有不要再闖禍，根本忘了到的時候要跟何岳聯絡這件事。拿出手機一看，裡面果然有好幾十則來自他的訊息和未接來電。

何岳是眞的很擔心我……想到這，我很不爭氣地開心了起來。

見狀，他嘆了口氣，注意到我頭上的傷口，「妳這裡是怎麼了？」

他再次擰起眉頭，我從他眼裡捕捉到一抹心疼。

「我剛才出了車……」話講到一半，我決定改口，「我剛才出門的時候不小心撞到東西，沒什麼大不了的，擦點藥膏就好了。」

我也不懂我爲什麼要說謊。

是不想讓他擔心，造成他的麻煩？還是不希望讓他見到自己丟臉的一面？

何岳似乎沒有懷疑，只是又輕嘆了聲，「小心點，妳總是這麼莽撞。」

然後，我們兩個安靜了下來。

他柔和地望著我，最後開口：「妳今天很漂亮。」

「謝謝。」我的心漏跳了一拍，但表面上仍佯裝鎮定，「你穿西裝也很帥！」

何岳淺淺一笑，原本他正打算說些什麼，卻被一道嗓音叫住。

回頭一看，出聲的人是Jason。

他今天穿著一襲黑色西裝，還梳了一個油頭，跟那天休閒的打扮完全不同，不但看起來年長了幾歲，給人的感覺也專業許多，很有經紀人的架勢。

「何岳，我一直在找你。」他朝我們走來，同時也注意到我，「永婓！」

「Jason哥。」我禮貌地笑了下，「謝謝你的邀請函。」

「不會，小事。」他擺擺手，打量我的打扮，然後點頭表示贊同，「我沒看錯，妳果然是支潛力股。今天這裡有很多投資人和經紀人，妳如果對演藝圈有興趣，記得把握機會多認識一些人。」

聞言，我只是笑著搖搖頭。我又不像何岳那麼有才華，怎麼可能進得了演藝圈？

「何岳，那邊有一些廠商想要認識你，跟我過來一下。」Jason在何岳耳邊低聲說：「搞不好可以拿到一些贊助。」

「好。」何岳點頭，接著有些猶豫地看向我，「永婓，我……」

「別擔心，我自己一個人沒事的。」我比了一個OK的手勢，「你趕快去吧！」

聽我這麼說，何岳點點頭，跟著Jason融入人群中。

望著他們兩人消失在我眼前，我忍不住嘆了一口氣，同時肚子也發出飢餓的叫聲。

今天忙了一整天，從台北趕到桃園，再從桃園趕回台北，我到現在都還沒吃過東西。走向擺著點心的長桌，我將食物夾到盤中，找了一個安靜的角落慢慢享用。

注視著眼前光鮮亮麗的場景，我感覺自己格格不入。

我不是屬於這裡的人。

於是吃完東西後，我決定先回家，反正我本來就是爲了看何岳的表演才來的，既然目的已經達成，我一個人繼續待在這裡也沒什麼意義。

我傳了一則訊息給何岳，告訴他我要先離開了。不料我才剛把手機收回包包，身後就傳來一道有些耳熟的好聽嗓音。

「我都不知道，原來今天的晚宴上有人要結婚。」

我猛地一怔，回過頭才發現說話的人是剛才被我撞到車子的韓遠，眸中不禁多了一絲錯愕。

「妳姊姊是誰？」他嘴角揚起一抹高深莫測的微笑，並大步朝我逼近，一手撐在我身後的牆上，將我困在他與牆壁之間，「Angelababy？舒淇？還是林志玲？」

我們之間的距離，近到我可以聞到他身上好聞的男性香水味，以及他鼻子吐出的氣息。他那雙迷濛的黑眸直直地看著我，害得我一時緊張，什麼話也說不出來。

「嗯？」他勾起嘴角，似乎是在等我回答。

「對不起，我不是故意要騙人的……」我避開他的視線，心虛地小聲道。

我怎麼可能想得到我們會在這裡重逢，這世界也太小了吧！

「在我看來，妳是故意騙人的。」

我嘆氣，無從辯解，「對不起，我是故意騙人的……」

他冷笑一聲，從我身邊抽離，然後打量了我一番，「妳是模特兒？練習生？還是誰家的千金？」

「都不是。」

「那妳是怎麼進來的？」

「我是何岳的朋友，今天是他的經紀人邀請我來的。」我連忙解釋，「何岳是我很重要的人，我不想遲到，錯過他的表演才會騙人，真的很抱歉！」

「何岳？」他微微皺眉，「妳是說剛才唱歌的那個？」

我點頭。

「經紀人是……」他想了片刻，「Jason？」

我再次點頭。

「Jason的朋友……」他冷哼，「素質變差了。」

我的臉瞬間垮了下來，接著翻了一個大白眼。就算我有錯在先，也沒必要接受這種羞辱，「撞到你的車子和騙人是我不對，但你放心，修車費我一定會賠給你的！」

然而，他臉上的不屑卻沒有減少。

「妳……」他正要開口，就被一道低沉、富有威嚴的嗓音打斷。

「韓遠。」

他回頭一看，臉上瞬間沒了表情，取而代之的是冷漠。

「爸。」我聽見他低聲說道。

爸？

順著他的視線望去，一名男子正挽著一名美豔女子朝我們走來。

男子年約四十中旬，黑髮、濃眉大眼、健康的膚色，和韓遠長得有幾分相似，他穿著昂貴的黑色西裝，身上散發出領袖氣息和明星光芒，是個很有型的大叔。

他身旁的女子明顯比他小很多歲，我猜大概三十不到。

她很漂亮，屬於嫵媚型的美女，一頭咖啡色的鬈髮沿著她的右側臉頰散落在胸前，開岔的黑色長禮服凸顯出她前凸後翹的好身材，以及修長的美腿。她的臉有些面熟，好像經常出現在電視上。

咦？定神一看，他不就是剛才在舞台上介紹何岳出場的男子嗎？

我記得何岳稱他韓總，難道他就是BC製作的老闆？

那麼韓遠是他的……兒子？

天啊。

將一切連結起來，我不禁睜大雙眼，不敢作聲。

「你在這裡做什麼？」男子質問，低沉的嗓音帶著讓人不敢違抗的威嚴，「我再三跟你強調今天的場合很重要，你卻遲到了快一個小時，現在還在這裡閒晃！你這種處事態度，我以後怎麼敢把公司交給你？」

男子愈講愈生氣，我整個人愣在原地不敢動，甚至有幾秒鐘忘了呼吸，但韓遠仍不吭一聲，彷彿一個字也沒聽進去，俊美的臉上沒有一絲波動，如死水般平靜。

看到這一幕，我突然心生一股巨大的罪惡感。明明是我的錯，結果被罵的卻是他，而且從他爸的話聽來，他好像因爲遲到，錯過了很重要的事。

「你——」

男子正要繼續罵下去，我搶先大聲說：「對不起！其實是我撞到他的車子，他才會遲到，並不是他的錯！」

聞言，韓遠看向我，臉上終於有了表情。他似乎沒料到我會做出這樣的舉動，黑眸中染上一絲驚訝。

男子也轉頭，他皺起眉頭對我說：「妳是？」

也許是他的氣勢太強，眼神太犀利，我想都沒想就回：「不、不重要的人！」

聽到我這麼說，男子先是一愣，接著大笑。他的反應讓我覺得很丟臉，一股熱意竄上我的雙頰。

天啊，眞想挖個洞躲起來。

「能夠進來我韓凜場子的人，不會是不重要的人！」男子豪邁道：「妳叫什麼名字？」

「孫永妻。」我怯怯點頭，「很榮幸能認識你。」

「孫永妻……」男子重複了一遍我的名字，然後對韓遠說：「來者是客。你好好照護永妻，別再丟我的臉。」

雖然他的語氣沒有像一開始那麼生氣，字句裡還是帶著嚴厲。

說完，他便和身旁的女伴離開，丟下我和韓遠兩個人在原地。

沒有人說話。

韓遠那雙淡漠的眼睛注視著我，眼裡少了之前的不屑，染上一層複雜，眉頭微微擰著，我無法解讀他此刻的想法。是覺得我剛才的行爲很白痴？還是覺得遇上我眞的很衰？

明明談笑聲與音樂就環繞在身邊，我們之間的沉默卻讓我有點難以呼吸。他的眼神彷佛要把我看透一樣，好像什麼祕密在他面前都無所遁形。

「妳剛才不需要幫我解釋。」他淡淡道：「我不在乎他說什麼。」

「我還是有羞恥心的人。」我說：「我沒想到這個晚宴對你來說這麼重要，我——」

「不重要。」他打斷我，「就算沒有妳，我也不會準時到場。」

我瞬間被堵得不知道該說些什麼。

他淡漠的眼眸似乎閃過一抹稍縱即逝的哀傷。

「不過，謝謝妳。」

他扔下這句話之後就轉身離去，高瘦的背影消失在我的視線中。

第三章

週末過後，宣寧迫不及待地問了我許多關於晚宴的事情。

「何岳唱 live 怎麼樣？」

「跟唱片一樣。」我心不在焉道，攪了攪杯中的飲料。

我發現晚宴那天，令我印象最深刻的不是何岳的表演，反而是韓遠離開前那個複雜的眼神，一直到我回家後，那幕場景依舊在我腦中徘徊不去。

「所以，妳到底看到哪個明星了？」

「誰都沒看到。」

「騙人。」宣寧不信。

「真的啦，我不是跟妳說過我出車禍的事嗎？發生那種事情，晚宴上我滿腦子都在思考要怎麼跟我媽解釋，哪還有心思追星。」我無奈地說。

「這樣啊……」宣寧小聲咕噥了一句，「我還以爲是因爲妳眼中只看得到何岳。」

「妳說什麼？」我皺眉，沒聽清楚那最後幾個字。

「沒事沒事。」宣寧擺擺手，繼續吃她的食物，我則趴在桌上休息。

回到學校後，我立刻被課業和系學會的事壓垮。

首先，我即將面臨第一次期中考。

可能是我考上這所學校本來就是一個奇蹟，我經常聽不懂老師上課的內容，雖然我爸有試著幫我，但是礙於每個老師的教法和教材都不同，又或者是我本身的智商不夠高，他能幫的也很有限。

過去的幾天我幾乎每天都跟宣寧一起念書，希望當初指考的神蹟可以再次降臨在我身上，只不過宣寧的意志力實在比我強上太多了，她能夠專心地背上三個小時的法典，我則是寫不到三十分鐘的題目就快要睡著，而且很容易分心。

再者，系學會的事也快把我煩死了。

明明距離活動還有兩個多星期，楊巧妍卻像是特別針對我施壓一樣，要求我在這個星期就把活動的所有細節，包括場地、工作分配，還有活動流程統統搞定，儘管周凡動也幫了我許多忙，可我還是因爲這件事忙得不可開交。

最後，是車子的事情。

媽媽從日本回來後，我便很誠實地跟她講了整件事情的經過，畢竟Toyota都撞成那樣了，我想瞞也瞞不了。

媽媽一開始很生氣，但後來她還是很慶幸我人沒事，再加上那輛車本來就快報廢，所以選擇原諒我，不過她說撞壞別人車子的賠償要我自己負責。

不過話說回來，韓遠到現在都還沒有聯絡我關於賠償的事情，由於那天我沒有跟他要電話號碼，因此只能默默等他主動聯繫我。

唉，看來我必須盡快找一份工作來賺錢還債了。

「啊，對了，妳上次提到妳正在策畫的活動，現在怎麼樣了？決定要跟哪個系合作了嗎？」宣寧吃到一半，突然好奇問。

「好像是企管吧……」我喃喃道：「我忘了。」

聯誼的部分是周凡動負責的，我沒注意，也沒興趣。

說眞的，這個活動能不能辦好，我自己也滿懷疑的。

「眞的假的！聽說企管系很social，而且好像有很多帥哥，好好喔！」宣寧露出羨慕的眼神，並大嘆了一口氣，「看來我跟你們會長是不可能了。唉，法律系超無聊的。」

「妳可以轉來我們系啊。」

「那我的律師夢怎麼辦？」她推了推眼鏡，「我的夢想是成爲一位義務辯護律師，幫助社會上一些缺乏金錢的人……」

宣寧又開始暢談她的夢想，我眞不知道她年紀輕輕，哪來這麼大的理想和抱負，清楚明白自己想要的是什麼。不像我，即使念了經濟系，卻完全不知道畢業後想幹麼，對於未來也毫無頭緒。

「不過企管系……」宣寧思考了片刻，「汪予葳好像也是企管系的耶。」

聽到這三個字，我抬起原本埋在雙臂之間的頭，「什麼？」

「汪予葳啊，何岳的前女友。」

「我知道汪予葳是誰。」我坐挺身體，「她是企管系的？」

「對啊，我記得是。」宣寧點頭。

我一直都知道汪予葳是盛宇大學的學生，畢竟高中時期她成績很好，校排總是跟何岳一樣穩坐前十名的位置，所以她考上盛宇大學是所有人預料中的事。由於聽說她爸媽都是醫生，我就下意識以爲她也會走相同的領域，沒有想到她居然跑去念了企管系。

Fuck. 我忍不住在心裡咒罵一聲。

「搞不好她也會參加，妳們可以來個高中同學會。」宣寧打趣道。

誰要跟她開高中同學會啊！我差點往宣寧的頭巴下去。

「我希望她不會去。」我再次趴下，並在心裡衷心祈禱著。

只不過我真的太小看「冤家路窄」這四個字了。

活動的前一天，我一大早就被周凡勳叫來準備烤肉的食材，地點是在他家。

我照著他給的地址，搭計程車到一棟豪華的大廈前，附近卻不見任何人影。

我皺起眉頭，懷疑是不是自己走錯了，畢竟這裡看起來像是有錢人住的地方，但我從來沒有在他身上察覺到富家子弟的氣息。

我傳了一封簡訊給他，可過了快十分鐘他都沒有回我。

我只好上前詢問櫃台的管理員：「不好意思，我找周凡勳……請問這裡有這名住戶嗎？」

「周凡勳？」管理員先是露出納悶的表情，接著恍然大悟道：「啊，妳說凡凡啊？他住九樓啦！我習慣叫他的小名，都忘了他本名叫什麼。」

「謝謝。」我向管理員道謝，然後朝電梯走去。

然而，當電梯門打開，裡面的人正是周凡勳。

「嗨，抱歉，我剛剛才看到妳的簡訊。」他似乎是剛睡醒，頭髮還有些微翹。

我走進電梯對他說：「我都不知道原來你是有錢人家的大少爺。」

「什麼意思？」他笑了笑。

「你家啊。」這棟大廈位於台北的精華地段，是標準的豪宅，我猜房價一億跑不掉。

「我爸是律師，曾經幫一個很有錢的大老闆打贏一個案子，拿了不少錢，不過還不到家財萬貫的地步，所以也沒什麼好說的。」他聳肩，語氣輕鬆。

律師？要是被宣寧知道，不知道又要花痴多久了。

「你不想當律師？」

「不想。」他理所當然地說：「我有我的夢想。」

「什麼夢想？」

「當大明星。」見我愣住，他不禁笑出聲，「我開玩笑的，妳怎麼這麼好騙？我唱歌五音不全、肢體不協調，也不是會搞笑的人，怎麼可能會想當明星。」

「你很煩耶。」我不滿地瞪了他一眼。

別怪我好騙，因爲當初何岳就是這麼告訴我的，說他想要進演藝圈。當時我也以爲他是在開玩笑，後來才知道原來他是認眞的。

踏進周凡勳家裡，我忍不住欣賞起裡面簡單卻時尚的布置和設計。

他家的格局很大，完全沒有擁擠的感覺，客廳擺著一張L型沙發，牆上掛著大尺寸的電視，還有一扇通往陽台的落地窗，白色系的裝潢與傢俱給人一種乾淨清新的感覺。

「你家沒人？」

「我爸去上班，我媽和她朋友出國去玩了，所以家裡目前只有我一個人。」

「那其他人呢？」我皺眉，「不是還有幾個人也要過來幫忙嗎？」

例如，楊巧妍。她總是愛找我麻煩，結果自己居然遲到？

周凡勳搔了搔頭，表情有些不好意思，「我告訴妳的時間其實比眞正的集合時間早一個小時，因爲照妳過去的紀錄，我們想妳一定會晚到，沒想到妳這次這麼準時。」

「什麼？」我不悅，「太過分了吧！我最近都睡眠不足了，你還這樣陰我！」

「對不起啦，是巧妍建議的，我當時也沒有覺得不妥……」

又是楊巧妍。

「我到底哪裡惹到她了？爲什麼她這麼討厭我？」

「妳說巧妍？」

「不然呢？」我沒好氣地說。

周凡勳嘆了一口氣，「抱歉，這其實有部分是我的錯。」

「……爲什麼？」

他先是沉默了幾秒，才緩緩道：「我和巧妍都是大一上學期加入系學會的，大概是因爲我們都是新生的關係，很快就熟了起來。升上大二的那個暑假，她跟我告白，但被我拒絕了。」

聽到這，我瞪大雙眼，「什麼？」

「這件事情我們從來沒有跟其他人講過，怕大家會覺得尷尬。我們說好繼續維持朋友的關係，假裝她跟我告白的事從來沒有發生過。」他無奈一笑，「只不過，這種事情怎麼可能假裝沒發生過，很多話，說出去就收不回來了。」

不知道爲什麼，我心裡突然湧上一股熟悉的、悶悶的感覺。

「很多話，說出去就收不回來了。」

何岳的臉在我腦海中快速閃過。

其實我曾經多次想過，如果我向何岳告白被拒絕的話，我們之間的關係是不是會變得很尷尬。我看過太多類似的經歷了，也許正因爲如此，我才遲遲不敢對何岳坦白，我不希望我們連朋友都做不成。

「不過從那之後，巧妍就變得有點敏感，只要我稍微對某些女生比較好，她就會看那些人不順眼。之前妳缺席活動和會議我有幫妳講過話，大概是因爲這樣，她才會對妳比較嚴苛。」他解釋。

「這樣啊……」良久，我點點頭。

「妳是唯一知道這件事的人，希望妳可以幫我保守這個祕密。」

「嗯。」我再次點頭。

不久後，系學會的其他人紛紛抵達，每個人當下的反應都跟我差不多，完全沒有想到周凡勳的家庭背景居然這麼好。

楊巧妍穿著一件白色露肩短袖和淺色牛仔褲，看起來有特別打扮過，一點也不像是來準備食材的穿著。她臉上沒有露出和其他人一樣的驚訝表情，我想她大概早就知道周凡勳的家世了。

想起周凡勳告訴我的，我對楊巧妍忽然少了些反感，多了些同情。

大家都到齊後，我們便開始準備食材，先是將蔬菜通通洗乾淨、切好，再去處理比較麻煩的醃肉部分。

當我們全部弄完時，已經是下午兩點多了，大夥倒在客廳舒服的大沙發上，每個人都累到快要虛脫，周凡勳特別叫了外賣要犒賞我們，而在等待的空檔，大家閒聊了起來。

「我們負責食材，那企管系呢？」

「聯誼的部分。」周凡勳回答。

「所以就是輕鬆的部分！」眾人發出不滿的聲音。

「也不能這樣講，因爲他們系出的經費比較多，如果沒有他們，我們也辦不起這個活動，畢竟我們沒有收費。」

「不過你是怎麼約到企管系的？」楊巧妍好奇問，「我聽說企管系滿自大的，每次有其他系想找他們合作都會被拒絕，好像很看不起其他系的樣子。」

「我有一個高中同學是企管系的，他跟他們系學會的一些幹部很熟，我就請他幫我問一下。他滿帥的，可能是因爲這樣，他們才答應的吧。」周凡勳聳肩，然後打趣道：「他單身喔，妳們明天好好把握一下。」

一聽到有帥哥，大家的眼睛都亮了起來。

「誰？誰很帥？」

「他叫……」他正要講出名字時，門鈴卻突然響起。

「食物來了！」大夥朝大門望去，周凡勳連忙跑去開門，門外的人果然是外送員。

周凡勳訂了四盒披薩、兩桶炸雞、薯條，還有飲料。食物一放到桌上，眾人便開始大快朵頤，像是餓了好幾天一樣。

「要看電視嗎？」周凡勳打開電視，正好是娛樂新聞的頻道。

我原本正啃著雞腿，一見到新聞標題，不禁停下動作，眼中染上一抹錯愕。

「你們有想要看哪一台嗎？」

「看這台。」我說，兩眼直盯著電視螢幕。

女神余亞琳和音樂才子何岳宣布跨界合作微電影。

娛樂新聞的標題就這麼寫著，並播放何岳和余亞琳的專訪。

「哇靠，余亞琳，她是我的女神耶！」

「何岳就是那個唱〈別告訴我〉片尾曲的人吧？他不是才剛出道嗎？」

「安祖延執導耶！太猛了吧。」

其他人看到新聞，紛紛你一句、我一句地討論著，我卻面色凝重，完全開心不起來。

拿起手機，我馬上傳了一則訊息給何岳。

孫永斐：你要拍微電影？我怎麼不知道？

何岳：嗯。

何岳：上個星期才確定的，公司說要保密。

何岳：之後的幾個月會很忙，我們大概沒辦法常見面了。

看到他的回答，我感到無比失落。

心如同一顆被扔入無盡深淵的石頭，不停往下墜。

隔天，我們下午三點就到學校後山準備，活動則要到五點才正式開始。

場地基本上就是一個空曠的平地，備有爐子和木製長桌椅，有點類似露營區的設計。

雖然四周被樹林環繞，卻不顯偏僻，反而很舒適宜人。

「孫永斐，把這個鍋子拿去洗乾淨。」

「孫永斐，去那邊把爐子架好。」

「孫永斐……」

整個下午，楊巧妍把我當成傭人一樣使喚，一直叫我做這個做那個。

如果是平常的我，現在早就在心裡咒罵她或是默默扎小人了，可是今天的我完全提不起精神反抗，只是像個傀儡任由她操弄，想要藉著忙碌來分散注意力。

我不明白何岳要拍微電影的事情，爲什麼會讓我的心情如此低落。明明身爲他的好朋友，我該爲他感到開心才是，但我就是沒辦法。

一想到他要和那麼迷人的女神合作、女粉絲人數會暴增，以及我可能有好幾個月都看不到他，我就高興不起來。

眞討厭。

這麼自私的我，好討厭。

「永斐，妳這個活動的想法眞的很好，我超期待的！」洗鍋子洗到一半，詩芸突然興奮地跑到我身旁，「妳覺得我今天這樣穿怎麼樣？聽說企管系有很多很優質的男生，希望我等一下可以跟一個帥哥配對！」

「嗯……」我點點頭，明顯心不在焉。

「妳怎麼了？心情不好？」她皺起眉頭，然後上下打量了我一番，「妳今天怎麼穿成這樣啊？」

聞言，我停下洗鍋子的動作，低頭看向自己的穿搭。

有那麼糟嗎？黑色上衣、牛仔褲、白色帆布鞋……

這不就是我平時的穿著嗎？妝也跟平常一樣，幹麼把我講得好像有多見不得人似的？

「妳眞的很好懂耶。」見到我的反應，她搖頭解釋：「我的意思是，妳沒有盛裝打扮。雖然今天是來『烤肉』的，可是重頭戲其實是聯誼。妳看在場的每個女生都精心打扮過，聽說企管系那邊也準備了很多好玩的遊戲，大家都想要吸引男生的目光啊！」

「喔……」我點頭，「沒差啦，我對聯誼沒興趣。」

我現在眞的對什麼都提不起勁。

「永斐……」詩芸頓了頓，小聲問：「妳是不是有男朋友啊？」

「沒有啊。」我搖頭，「爲什麼妳會這麼問？」

「喔……」她擺擺手，笑了下，「沒有啦，只是覺得妳似乎對男生不太感興趣。像之前我們大家都覺得周凡勳想要追妳，但妳好像完全沒感覺，所以我才會猜妳可能有男朋友，正在談遠距離戀愛之類的。」

「什麼！」聽她這麼一說，我忍不住瞪大雙眼，「周凡勳？追我？」

「對啊，這很明顯吧？」她猛點頭，「他對妳很好耶，每次妳缺席會議和活動，他都會幫妳講話，楊巧妍對妳特別不友善，應該也是因爲這個吧？我剛加入系學會時，就覺得她一定喜歡學長。」

「周凡勳對每個人都很好吧？」我瞥了遠處的周凡勳一眼，他正在和一年級的學妹講話，嘴角掛著他一貫的笑容，「妳看，他對每個女生都很好，又不是只有我……他對妳也很好啊！」

我不知道自己是在緊張什麼。

「哎呀，不一樣啦！」詩芸一臉無奈，正要解釋時，突然有好幾輛車依序開上山路，停在場地的外圍。

這個畫面讓大家都停下手邊的動作，轉頭朝同一個方向看去。

「看來企管系的人終於來了，不然粗活全是我們在做。」詩芸嘴裡喃喃道：「不過排場搞那麼大幹麼？不就是來烤肉的嗎？學商的眞的都好裝模作樣喔。」

我的視線停留在其中一輛車上。

一輛白色BMW三系列。

那輛車的車頭微微凹陷，讓我感到刺眼的熟悉，一股不祥的預感湧上心頭……

「哇賽，BMW耶。」詩芸用手肘頂了頂我。

我沒有回應，只是看著駕駛座上的人打開車門下車。

即使他今天沒穿西裝，而是一身簡單的休閒穿搭，但是那修長的身材、俊美的臉蛋，還有身上那股淡漠的氣息，仍讓我一眼就認出他來。

是韓遠。

我愣在原地，手中的鍋子硬生生滑落在地上，發出碰的一聲巨響，大家瞬間把目光投向我，我迅速回過神，把鍋子撿了起來。

「抱歉，手滑了。」我尷尬地笑了笑。

再次朝韓遠的方向看去，他似乎也注意到我的存在，黑眸中多了一絲訝異。

我們兩個就這樣互相對望著，直到周凡勳向我招手，「永妻，過來一下。」

剛才韓遠一下車，周凡勳就立刻上前打招呼，兩人似乎認識。見狀，我心裡雖然有點抗拒，還是只能硬著頭皮走過去。

「這位是本次活動的策畫人，孫永妻。」周凡勳將我介紹給韓遠，「這位是我的朋友韓遠，我就是透過他才接觸到他們系學會的人。你們兩位都是促成活動成功的關鍵人物，所以我想說可以讓你們認識一下。」

我瞅著韓遠，乾笑幾聲，「很高興認識你……」

原來他就是周凡勳口中那個很帥的高中同學。

「嗯。」他簡單地回應。

「話說，你那個系學會的朋友呢？我想認識她，並跟她說聲謝謝。」

「她……」韓遠回頭望著他的車子，「還在車上。」

我順著他的視線朝車子看去，只見副駕駛座的門緩緩打開，一個苗條的身影踏出車子，她抬頭看向我們，映入眼簾的面孔讓我再次愣住了。

那頭漂亮的棕色長髮、明亮的杏眼，還有那個在男生看來是甜美，在我看來卻相當虛假的微笑，我一輩子也忘不了。

她的模樣和高中時沒有差太多，但似乎多了一絲成熟和嫵媚。

「予葳。」

我聽見韓遠喊了她的名字，不知為何，我竟覺得莫名刺耳。

「喔，韓……」她未完的話語在看到我之後，硬生生止住，眼中多了一抹不知是錯愕還是驚訝的情緒，不過很快就被她那充滿自信的笑容取代，「孫永斐，好久不見。」

她表現得泰然自若，我也只好扯出一抹笑，「嗨，予葳……」

我想，再也沒有比現在這個場合更適合用來形容冤家路窄了。

汪予葳。

這個名字從高中開始就不停環繞在我身邊，像隻蒼蠅一樣。

「聽說二班的汪予葳這次的小提琴比賽拿下全國第三名，市長明天要頒獎給她。」

「汪予葳又被告白了耶，這次好像是籃球隊的隊長！」

「這次數學的期中考，全年級好像只有汪予葳一個人滿分。」

「汪予葳眞的是人生勝利組，家裡有錢、成績好、長得又漂亮，上輩子不知道燒了什麼好香，好羨慕她喔。」

她的名字和無數傳聞充斥在學校的每個角落。

汪予葳是大家公認的校花，學校裡暗戀她的男生多到數不清，聽說寫給她的情書還多到可以堆成一座山，可惜她的眼光很高，所以到目前都還沒有人跟她告白成功過。

每次在走廊遇見她時，她身邊總是跟著許多女生，那畫面有點像公主和丫鬟。

汪予葳是公主，其他人則是她的陪襯。

「妳不覺得汪予葳走路都有風嗎？」宣寧說：「感覺像是明星一樣。」

「她走得那麼快，當然有風啊。」我不以爲意，「不然妳跑跑看，是不是有風。」

「孫永斐，妳眞的很白痴耶。」宣寧白了我一眼，我聳了聳肩。

我和汪予葳的生活毫無交集，我們是兩個完全不同世界的人。

她是弦樂團的主將，我是合唱團的普通社員。

她身上總是帶著各式各樣的飾品，每天都打扮得漂漂亮亮，我上學則是喜歡隨便綁個馬尾，連化妝都不懂。

她是千金，每天上下學有司機接送，我每天準時七點搭公車上學。

我不在乎她的世界有多麼華麗，也不羨慕，我的世界雖然簡單，但是有何岳在，那就夠了。

由於我和何岳都選擇直升家裡附近的高中，而且很幸運地被分到同一班，所以我們每天都會一起上下學，也因此全班很快就知道了我們是青梅竹馬。

因爲開學典禮表演的關係，何岳被大家冠上「鋼琴王子」的封號，成爲學校的風雲人物。如果說國中時期的何岳只是很受歡迎，那麼高中時期的何岳幾乎可以說是校園偶像，幾乎每天都可以收到禮物和情書，有學妹或學姊來班上找他也已經不是什麼新鮮事。

不過何岳並沒有因爲受歡迎就有所改變，那些女生的告白他一個都沒有接受過。我們依舊每天一起上下學、中午一起吃飯、午休時去彈鋼琴，只不過這個維持了八年的習慣，因爲汪予葳的出現而被打亂了。

我記得那是在高一的下學期，那天何岳和我約好要一起彈鋼琴，然而午休時就不見他的人影，我只好一個人前往音樂教室，卻大老遠就看見前方的走廊站著兩個熟悉的身影。

一個是何岳，另一個是汪予葳。

俊男美女待在一起的畫面是那樣的美好和刺眼，我至今依舊記憶猶新。

我聽不見他們在講些什麼，但兩人似乎聊得很愉快，有說有笑的。

何岳是一個溫柔的人，對每個女生都很好，不過這次他的溫柔有那麼一點不同。他看著汪予葳的眼神帶了點寵溺，笑容也比平時更大，眼睛瞇成了月彎形，這是我沒有看過的何岳。

我遠遠地看著他們，心彷彿被人揪緊一般，難受得喘不過氣。

那天，何岳完全忘了和我有約的事。

也是從那之後，何岳中午就經常消失不見，午休也不再跟我一起去琴房，有些時候甚至連放學都要我自己先回家。

雖然他沒有告訴我原因，但我心裡很清楚，他一定是跟汪予葳在一起。

而這樣的日子並沒有持續太久，某天中午，班上的八卦男忽然氣喘吁吁地衝入教室，

「聽、聽說汪予葳在學校中庭跟何岳告白了！」

「什麼！」

每個人都大吃一驚，隨後班上陷入一陣熱烈討論。

「眞的假的！」

「那個總是拒絕別人的汪予葳，居然跟何岳告白了？太誇張了吧！」

「那何岳的回答呢？」

八卦男道：「何岳好像答應了！」

聞言，我整個人愣在座位上，久久反應不過來。

什麼？何岳和汪予葳？我沒聽錯吧……

「天啊，校花和校草在一起，也太配了吧！」

大夥開始起鬨，我卻一個字也聽不進去。

「永妻。」宣寧湊上前小聲地問：「妳早就知道何岳和汪予葳的事情了嗎？」

不，我完全不知道。

見我一臉沮喪的模樣，宣寧貼心地沒有繼續問下去。

然後，一切都變了，汪予葳取代了我的位子。

何岳不再是孫永妻的青梅竹馬，而是汪予葳的男朋友。

人總是在失去之後才懂得珍惜，這句話在何岳和汪予葳交往後，我才對此有了深刻的體悟。看著他們肩並肩走在一起的身影，我才意識到，原來我喜歡何岳。很喜歡。

「你很厲害喔，連校花都跟你告白。」偏偏當時的我就是這麼不坦誠，就算心裡難過得要命，卻總是用開玩笑的方式來掩飾自己真正的心情。

每次見到何岳跟汪予葳吵架而煩惱的模樣，即便我想要告白，可是每當話到了喉嚨時，又會被我全數吞回。

那個時候，我突然想起小時候很喜歡的一首歌。

Taylor Swift的〈You Belong With Me〉。

小時候的我特別喜歡這首歌，因爲旋律很輕快、朗朗上口，但現在再回頭重看歌詞，我才發現這首歌根本就是在講我的故事。

多諷刺。

有好多次，我都聽這首歌聽到哭。

If you could see that I'm the one who understands you
been here all along so why can't you see,
You belong with me,
You belong with me.

在那首歌的MV結尾，男主角終於回過頭，看見一直默默守在他身旁的女孩。

何岳，什麼時候你才能發現，我一直在你身邊？

不曾離去。

下午五點，人潮開始慢慢抵達。

由於這次的活動有包括聯誼，所以想參加的人必須事先在網路上申請，以便掌控人數。我們預期會有四十幾個人參加，這也是我們今年辦過的最大規模的活動。

「孫永婓，妳來負責烤肉。」楊巧妍招手叫我過去。

「不是有分配其他人負責烤肉嗎？」我皺起眉頭。

周凡動有特地整理出一張工作分配表，上面明確寫著每個幹部該負責的項目，而我負責的是管理現場秩序。

「我不知道那些人去哪了，但現在沒人在烤肉，妳看起來閒閒沒事幹，所以妳來做。」楊巧妍一臉不耐煩，將烤肉夾扔給我。

「喔……」我點頭，面有難色地瞪著烤爐。

我從來沒烤過肉，這輩子進廚房的次數一隻手就可以數得出來，對於如何料理食材、怎樣分辨肉有沒有熟，我根本毫無頭緒。

「唉。」我嘆了口氣，夾起幾片生肉放到烤架上。

隨便吧，反正吃起來口感應該不會差太多。我翻動著肉片，觀察起四周。

今天的天氣很好，陽光普照卻不炎熱，再加上我們位於山上，更多了一種清新爽朗的休閒感。大家的心情似乎都很不錯，每個人手上都拿著飲料和食物說笑，氣氛很是愉快。

再仔細一看，詩芸說的果然沒有錯。

今天來的女生幾乎都有特別打扮過，相較之下，我這身簡單的穿著的確很不顯眼，如今整個人還滿身都是烤肉味，我想應該不會有男生對我產生興趣。

在一群人中，我輕而易舉就捕捉到韓遠修長的身影。

他穿著白色上衣、黑色九分褲，外面罩著一件深灰色外套，素色的打扮雖然簡單，穿在他身上卻格外好看，很符合他身上那股淡漠的氣息。

他身邊圍繞著幾名女生，看起來都很積極地想要認識他，不過他好像不怎麼感興趣，俊美的臉孔沒有一絲波動，只是敷衍地點頭應聲。

他看上去不像是對聯誼有興趣的人，今天怎麼會來？

我不禁感到好奇。

「韓遠。」忽然，我聽見汪予葳嬌柔的聲音。

韓遠朝她看去，原本面無表情的臉上瞬間起了一絲波瀾。

他向身邊的女生簡單道別，然後朝汪予葳走去，兩人不知道講了些什麼，但汪予葳笑得很開心，韓遠的嘴角也多了一抹柔和的淺笑。

他今天會來，是爲了汪予葳嗎？

剛才聽周凡勳說，汪予葳是企管系系學會的副會長，因爲韓遠拜託她的關係，企管系才會答應和我們合作這次的活動。

他和汪予葳是什麼關係？方才他喊她予葳，語氣聽起來挺親密的……

「怎麼會是妳在烤肉？」

周凡勳的聲音突然在我身邊響起，我猛地回過神，這才發現自己剛剛太專注於韓遠的一舉一動，以至於完全忘了幫肉片翻面，一股難聞的焦味撲鼻而來。

「Shit.」我手忙腳亂地把肉片夾到盤子上，卻已經太遲了。

看著這盤吃了大概會得癌症的黑色肉片，我懊惱地閉上眼，並嘆了一口氣。

今天怎麼好像做什麼事都很不順。

「我來吧，那些本來應該負責烤肉的男生都只顧著認識女生，叫都叫不動。」周凡動抽走我手中的烤肉夾，「去拿點東西吃吧，妳被巧妍使喚一個下午，該休息了。」

聞言，我心裡有些訝異。

周凡動一整天都在忙活動流程的事，沒想到他居然有注意到我。

「像之前我們大家都覺得周凡動想要追妳，但妳好像完全沒感覺。」

現在再仔細一想，周凡動好像眞的對我特別好，不論是平時在會議上幫我講話或是規畫這次的活動，要不是有他幫忙，我大概早就被系學會的人攻擊到體無完膚了。

爲什麼我會完全沒有注意到他的好？

「怎麼了？」見我杵在原地不動，他皺起眉頭，臉上多了一些擔心。

「沒事。」我搖頭，「謝謝你，學長。」

「謝什麼啊。」他笑了下，「聯誼的部分應該再過不久就要開始了，在那之前妳趕快吃飽吧。」

我乖巧地點點頭。

來到擺放食物的桌子前，我發現雖然我一整天都沒有吃過東西，肚子卻一點也不餓，也沒有什麼胃口，就隨便夾了幾片肉後，找了一張長桌坐下。

由於大部分的人都選擇站著吃，好方便形成小圈圈交談，所以桌子附近沒有什麼人。

我也知道在這種場合，我應該要主動去認識新朋友，但我就是提不起興致。

草草吃完後，我將空紙盤丟入垃圾桶，往樹林走去，遠離人群。

我現在只想一個人靜一靜。

穿過樹林，我來到一片空曠的草原，放眼望去，整個台北盡收眼底。

此時正值黃昏，夕陽盡情渲染了無雲晴朗的天空，這橙色的美景令我驚豔不已，原本緊繃的心情也瞬間放鬆許多。

我坐在草原的一顆大石頭上，閉上眼睛，感受微風輕拂過我的臉龐。

好舒服。

正當我考慮是否該跳過聯誼時，身後突然傳來一道低沉好聽的嗓音。

「是因爲活動辦得太爛，所以不好意思出現在大家面前，還是妳本來就是喜歡搞孤僻的人？」

我回過頭，對上韓遠深邃的眼眸。

夕陽灑在他俊秀的臉上，背景則是綠色的樹林，那畫面美麗得如同一幅畫。

「你怎麼會出現在這裡？」

我愣了幾秒，然後瞥向他身後，那裡似乎也沒有任何人。

「我對聯誼沒有興趣。原本只是想找個安靜的地方休息，卻正好看到妳。」韓遠朝我走來，高瘦的身子靠在大石頭上。

「喔，原來是這樣啊……」我點頭，乾笑了幾聲，「沒想到你也是盛宇的學生，這世界眞小。」

「我也是。」他挑眉，「我以爲能考上第一志願的人，最起碼也該知道連小學生都懂的交通規則。」

我無法反駁，只能無奈垂首，「對不起，你車子的修理費我一定會負責的。反正你有我的手機號碼，現在也知道我是誰，我想躲也躲不了。」

韓遠沒有回答我，只是凝視著天空，表情若有所思。

太陽下山後，天色很快便暗了下來，月亮的輪廓漸漸變得清晰。

望著這幅景色，何岳的臉浮現在我的腦海中，我忍不住嘆了一口氣。才兩個星期不見，我沒想到自己居然會這麼想念他。

不知道他現在在做什麼？寫歌？彈鋼琴？還是在準備微電影的事情？

也許是聽見我的嘆息，韓遠看向我，「身爲活動主辦人，妳都不需要參與嗎？」

「我沒什麼興趣。」我聳肩，「而且講眞的，我不 care。」

本來這個活動就是爲了系學會而辦的，我本身一點也不在乎成果。

「失戀了？」他雙手環抱在胸前，淡漠的黑眸直直地注視著我。

「失戀是指交往中的男女分開，以我的情況根本不適合用這個詞。」我笑道，語氣帶著些許的自嘲。

「那就是單戀了。」

我微微瞪大眼睛，愣了一下，「你怎麼會知道？」

「沒人跟妳說過，妳很好懂嗎？」韓遠平淡地說，那雙深邃的眼睛彷彿要將我所有的祕密看透。

「是嗎？」我低頭，腳玩弄著地上的塵土，「我喜歡一個人好多年了，但是他到現在都沒有發現，我還以爲我很會隱瞞呢。」

他皺起好看的眉，「妳該不會是單戀那個唱歌的吧？」

我再次瞪大眼，並後退了一步，「你是會讀心嗎？」

我和他僅僅見過兩次面，嚴格講起來算是陌生人，就連我媽都不可能只看我的臉色就知道我在想什麼，他是怎麼辦到的？

「我猜的。」他慢條斯理道：「晚宴那天妳說何岳是妳很重要的人，因爲不想錯過他的表演才會又闖紅燈又騙人。我想，這世界上大概只有愛情才能使人如此失去判斷力，做出這麼危險又沒有羞恥心的蠢事。」

他講話毫不留情，偏偏說得又沒有錯，讓我無從反駁。

「所以，妳是他的歌迷？」他微微瞇起眼。

「別把我講得像腦粉好不好？」我爲自己辯解：「我八歲就認識何岳，他還沒被經紀公司簽下前，我就喜歡他了。我們之間有很特別的牽絆，跟那些單純因爲他很帥又會唱歌而喜歡他的屁孩不一樣。」

韓遠似乎沒有被我的說詞打動，依然覺得我很可笑。

「妳告白過了？」

「沒有。」我搖頭，「以前的我缺乏勇氣，現在的我則是沒機會了。」

唉，想到這裡就覺得心酸。孫永斐，妳爲什麼這麼膽小？

韓遠沉默了幾秒，接著緩緩道：「天涯何處無芳草，妳何必執著於一個人？」

他的眸光中帶著一絲我看不透的情緒，雖然語氣沒有太大的起伏，卻好像發自內心深處，不像剛才一樣，字句裡都帶著諷刺。

「何岳才不是一株草。」望著天空中高掛的月亮，我輕聲說：「他是我的世界。」我的全部。

如果夜晚沒有月亮照亮地球，那會是一個什麼樣的世界？

對我而言，何岳就是這樣的存在，我沒有辦法想像沒有他的生活，就像一個人沒有辦法在沒有光的黑暗中生存一樣。

我轉頭看向韓遠，本以爲他又會嘲笑我，可他只是默默望著我，原本平靜的黑瞳裡起了一絲不明顯的波瀾，時間彷彿暫停了片刻。

最後，他避開我的視線，搖頭低嘆：「沒救了。」

「唉，我跟你講這麼多幹麼？你又不懂。」我從石頭上跳下來，活動了一下筋骨，「不過說眞的，既然你對聯誼沒有興趣，今天怎麼會來？」

「周凡勳是我的高中同學，予葳是我的朋友。」

予葳。

汪予葳。

我現在最不想聽到的就是這個名字。

我忍不住翻了一個白眼，而這個動作正好被韓遠捕捉到，他輕笑了一聲，「我聽予葳說妳們是高中同學，不過看起來妳不是很喜歡她。」

「我當然不喜歡她。」我沒好氣道：「她是何岳的前女友，我單戀得這麼辛苦，全拜她所賜。」

「她跟何岳交往過？」韓遠皺起眉頭，似乎並不知情。

「你不是她的朋友嗎，怎麼會不知道？」

「予葳從小到大，身邊最不缺的就是男生，我沒那麼閒，隨時關注她的感情生活。」

他聳肩，一副無所謂的樣子。

她身邊最不缺的就是男生，卻偏偏搶走我身邊唯一的男生。

我愈想愈不爽。

「我不喜歡她。」我抿了抿唇，又再強調了一遍。

忽然，樹林的另一邊傳來一陣很high的歡呼聲，伴隨著同樣很high的音樂，我和韓遠不約而同回頭一看。

「看來活動好像進行得很順利。」我笑了笑，對他說。

「嗯。」

不知道爲什麼，聽見這陣熱鬧的喧鬧聲後，我突然對聯誼產生了一點興趣。

「我們去看看吧。」

然後，我不管韓遠願不願意，硬是拉著他往歡呼聲的方向跑去。

我一路拉著韓遠穿過樹林，沿著來時的路回到活動現場，只見一群人圍著篝火，而一名企管系的男生正站在木椅上，似乎是活動的主持人。

「剛才我們玩了這麼多遊戲，希望大家都有認識到新朋友。我們馬上就要進入聯誼的尾聲，也是今天的重、頭、戲！」男生大喊，周圍的人興奮地歡呼了起來，炒熱現場氣氛。

「哇，這麼快……」我低喃，回頭瞅了韓遠一眼。

他眉頭緊擰，似乎是因爲奔跑的緣故，呼吸顯得有些急促。

我沒有注意到韓遠的異樣，將目光放回帶頭的男生身上。

「首先，各位可以打開你們手中的紙條，上面應該會寫著一樣物品或是一個人名。每樣物品都是一對的，你的第一個任務就是找到你的另一半，這個人也是你今天晚上的配對。」男生解釋：「譬如說，布萊德彼特和安潔莉納裘莉、鹽和胡椒、麵包和奶油……之類的。」

大家紛紛打開紙條，開始互相查看彼此的紙條上寫著什麼。

「再來，第二個任務……」男生繼續說：「難得來到這麼清靜悠閒的地方，不好好享受一下大自然的美那怎麼行？盛宇大學除了是台灣的第一學府，它的校園內外也有很多特色，好比說我們現在身處的後山就有許多美麗的景點。」

他從口袋掏出一張地圖，「剛才大家都有拿到一張地圖，翻到背面，你們會看到五個提示，每個提示的答案都是一個景點。你們的任務就是和搭檔一起去尋找這些景點，然後拍照爲證。前三組完成任務的有獎品。」

「什麼獎品？」

一聽到有獎品，大家的眼睛都爲之一亮，突然多了許多幹勁。

「第一名的獎品是一支全新的 iPhone 7，第二名獎金五千，第三名……我的熱吻一枚。」男生說完，逕自哈哈大笑起來，引來眾人的吐槽。

「大家每天念書念到快虛脫，肯定不知道大自然有多美，而且離我們有多近。相信我，這個活動你們一定會喜歡的，絕對比在夜店喝到掛值得。」

他解釋完遊戲規則後，大部分的人都連忙尋找起自己的伙伴和研究提示，只有少數幾個人似乎對這個活動不感興趣，決定先離開。

不到十分鐘，原本熱鬧的烤肉區只剩下幾名留下來顧場地的幹部。

「你們兩個怎麼還在這？」剛才帶領活動的男生注意到我和韓遠的身影，大步朝我們走來，「你們要參加嗎？」

「不……」

韓遠正要拒絕，我卻搶先一步道：「要！」

一聽到有獎金，我整個人的興致就來了。

只是解幾個謎題、拍幾張照片就可能有錢拿，這麼好康的事怎麼能錯過？

「你們剛才有抽籤嗎？」

「沒有。」我搖頭，同時偷偷瞥向韓遠，只見他眉頭深鎖，於是我壓低聲音問那個男生：「可以一個人玩嗎？」

「當然不行，這是聯誼耶。」他似乎是覺得我的問題很白痴，看了我和韓遠好幾眼後，從口袋取出一張地圖給我，「大部分的人都已經出發了，既然你們兩個都沒有伴，那你們乾脆就一組吧。」

我膽怯地瞄了韓遠一眼，他臉上沒有什麼表情，但這樣的他反而讓我更害怕了。

那個男生笑瞇瞇地望著我們，爲了避免尷尬，我只好趕緊拉著韓遠離開。

「那個……我是爲了還你修車的錢，才會說要玩的。」走了一段路之後，我停下腳步，「我知道你對這個活動沒什麼興趣，如果你不想玩的話不用勉強。」

「沒關係。」他語氣平靜，「反正我也想快點把車子修好。」

聞言，我不禁鬆了一口氣。

也許是因爲韓遠身上自帶一股強烈的淡漠，所以只要他一不講話或是面無表情，就會給人一種難以親近、非誠勿擾的感覺。

我攤開地圖，研究了一下提示，「我知道這個。」

我指向第三點，上面寫著：清澈的湖水，虔誠的心。

「嗯。」他點頭，「帶路吧。」

雖然我不是很在乎活動的成敗，但基本的功課我還是有做的，像是事先研究過學校後山的地圖，以備不時之需。

我領著韓遠爬上石頭階梯，照著地圖給出的路線，往山頂的方向前進。

我一心想著獎金的事情，腳步不自覺愈走愈快，完全沒注意到韓遠沒有跟上。

「好像快到……」我回過頭，卻撲了一個空，「咦，人呢？」

我左看右看，一個人影也沒有。沿著階梯往回走，我終於在半山腰的位置找到韓遠的身影，他修長的身子靠在欄杆上，似乎在大口喘著氣。

「你一個大男生，怎麼體力這麼差？」我上前拉住他的手，不給他休息的時間，「走啦，馬上就到了，我們動作不快一點的話，會被其他組搶先耶，這樣努力就白費了。」

大約走了十分鐘，我們來到石梯的盡頭，但眼前除了樹林，什麼也沒有。

「妳確定是這裡？」他的聲音聽起來有點喘。

「應該是啊……」我比對著地圖，發現右側有一條小徑。

我朝小徑走去，韓遠則跟在我身後。我們穿過一片有些陰森的樹林，原本我開始覺得有些不安，正打算往回走，下一秒，映入眼簾的美景卻讓我和韓遠都歎爲觀止。

那是一座極爲漂亮的湖泊。清澈的湖水倒映著夜晚的星空，有種神祕的美感。

「哇……」我驚歎，「好美。」

我扭頭看向韓遠，只見他凝視著前方，正在欣賞這片美景。

「你知道嗎？這座湖叫做祈願湖。」我緩緩開口：「聽說很久以前，有一對情侶將這座湖當作他們的定情之地，但是後來男生因為一場意外喪命，女子傷心過度，每天在湖邊許願，希望有朝一日能夠再見到心愛的人一面。雖然已死之人不能復生，可是女子的痴心感動了山神，於是祂賜給她掌管這座湖的力量。據說，只要在夜晚月亮倒映於湖面時虔誠許願，願望就能夠實現。」

我想起之前搜尋資料時看到的故事。

當時我覺得這故事聽起來很假，如今身處在這座湖前，我卻覺得這個傳說為這片景色增添了些許浪漫。

「聽起來就像是騙人的。」

「我也這麼認為。」我聳肩笑了下，「可是我現在很想相信，這座湖眞的有這種神奇的力量。」

說完，我雙手合十，闔上雙眼輕聲道：「神啊，我希望，何岳能夠喜歡上我。」

我在心裡默默感謝湖神聽完我的祈禱，然後睜開眼，眼前的事物完全沒有任何改變。

我覺得自己剛才的舉動很天眞，忍不住笑出聲，並做好迎接韓遠嘲諷的話語的準備。

然而他久久沒有作聲，我以為是他嫌我太蠢了，蠢到連吐槽我都嫌浪費力氣。

「我可以幫妳。」韓遠低沉好聽的聲音忽然在寧靜的夜響起，顯得格外清晰。

「什麼？」我望向他，有些懷疑是不是自己聽錯了。

「我說，我可以幫妳。」

從他深邃的黑眸裡，我看見自己愣住的倒影。

第四章

活動圓滿落幕。

那天每個人似乎都玩得很愉快，系上的後續反應也很不錯，因此大家對我的態度也跟著好轉，就連一向愛找我麻煩的楊巧妍也明顯收斂許多。

「永蓁！」去講堂的路上，我聽見有人叫我的名字。

回頭一看，詩芸正一臉興奮地朝我跑來。

她今天的打扮很可愛，穿了一件黑色露肩上衣搭配白色牛仔褲，臉上化著淡妝，頭髮也精心打理過，跟平時隨性的打扮不同，一看就是要去約會的樣子。

「打扮得這麼漂亮，是要去見誰啊？」我瞇起眼，曖昧地問。

她嘿嘿笑了幾聲，「就是上次聯誼認識的男生啊。」

「喔？」我挑眉，「我怎麼沒聽妳提過？」

我只聽說那天詩芸和她的男伴拿下第二名，把五千元獎金抱回家，不知道原來還有後續。

「我們之後仍有在持續聯絡，最近才開始約出來見面，不過還在認識階段，只是簡單吃個飯、看看電影。」她似乎有點不好意思，「我覺得他滿帥的，而且跟我滿有話題的，但還在觀察中。」

「這樣啊……」我點頭，比了一個加油的手勢，「祝妳好運。」

「謝啦，搞不好我終於要結束萬年單身生活了！」她笑了笑，接著像是突然想起什麼似地問：「對了，妳呢？」

「我怎麼了？」我皺眉，不懂她的意思。

「妳跟韓遠啊，你們玩遊戲的時候不是被配成一對嗎？」

韓遠。

聽到這個名字，我不禁一怔。

「我可以幫妳。」

他那天說的話，連同他淡漠的俊顏，快速在我腦中閃過。

「妳不知道，那天超級多女生想要認識韓遠，烤肉的時候他從頭到尾都被一群女生圍著，結果聯誼一開始他就消失不見，那些女生的表情都超級失望的。」詩芸誇張地說：「不過妳跟韓遠到底是怎麼配在一起的？玩遊戲時我好像也沒看到妳。」

「呃……」我頓了頓，敷衍道：「只是剛好碰到，就被配在一起了。」

「眞好！」她露出羨慕的眼神。

「韓遠眞的那麼受歡迎？」我忍不住問。

雖然韓遠的確是長得很帥，但他那種冷漠的個性會是女生喜歡的類型嗎？如果要比較的話，像周凡動那種溫柔的性格應該會比較受歡迎吧？

「當然！」詩芸睜大眼，似乎覺得我問了一個很蠢的問題，「妳都沒聽說過他的事情嗎？」

我搖頭，「什麼事？」

「妳的八卦雷達眞的有夠弱的。」詩芸嘆息，「首先，韓遠他家很有錢。他爸是BC製作的老闆韓凜，以前好像是一個演員，後來轉爲幕後，現在BC掌控台灣百分之八十的影視製作市場。妳沒看到那天他開BMW來，那一台少說也要三百萬吧？」

噢，一提到他的車，我的心就開始痛了。

他到現在都還沒跟我提有關賠償的事情，但我想那一定是一個我難以負擔的金額。

「嗯。」我點頭，示意她繼續。

「再來，他很帥，這點我想妳有眼睛，我就不多做解釋了。」她打趣道：「最後，他非常聰明，總而言之，他就是比高富帥更上一層樓的人生勝利組，妳說女生能不愛嗎？」

「妳怎麼知道他很聰明？」這一點聽起來有點主觀。

「我那天聽企管系的人說，韓遠原本是醫學系的學生，後來不知道是什麼原因，大二轉到企管系。不過不管怎樣，能考上醫學系的人，妳說會不聰明嗎？」

「醫學系？」我驚呼，發現自己的反應太誇張了，連忙摀住嘴巴。

這點完全出乎我意料之外。

韓遠整個人散發出一種成熟穩重的氣息，我能夠想像他穿上白袍、幫助病人的模樣，可是依他的家庭背景，不論怎麼想企管系都比較適合他，我很訝異他居然會想當醫生。

「嗯哼，現在知道跟妳配對的人有多優質了吧。」見我一臉驚訝，詩芸似乎對自己的情報能力很得意，「看妳的樣子就知道妳一定沒有好好把握機會，至少韓遠的手機號碼妳有拿到吧？」

「呃……」我頓了頓，接著搖頭。

雖然他有我的手機號碼，但是原因不是詩芸心裡想的那樣。

見狀，她嘆了一口氣，搖頭道：「永斐，妳的運氣很好，眞的要好好把握，不要一直浪費身邊的機會，連我看了都覺得好可惜。」

我沒回應，耳邊又再次響起韓遠那天跟我說的話。

「我可以幫妳。」

這句話到底是什麼意思？

我想起他那雙複雜的黑眸，眼神中似乎帶有那麼一絲心疼，可我不確定那抹心疼是否是爲了我，還是因爲我的行爲舉止勾起他內心深處的某些回憶。

我不知道，也猜不透。

那天晚上，我收到一封來自陌生號碼的簡訊。

我是韓遠，星期六下午兩點到國父紀念館三號出口。

我足足盯著這封簡訊看了好幾分鐘，才回道：什麼意思？

我說過我會幫妳，星期六見。

我真的完全搞不懂他。

儘管我對韓遠的動機毫無頭緒，星期六那天我還是準時抵達約定的地點。不過捷運搭到一半，我心中忍不住冒出許多顧慮。

萬一他是騙我的怎麼辦？他該不會是想報復我撞壞他的車子，所以打算整我吧？

我抱著忐忑的心情下了捷運，腦中思考著各種最壞的結果，但才一走出捷運站，我就看見一道高䠷顯眼的身影靠在出口旁的騎樓柱子上。

韓遠似乎很喜歡黑白灰色系的穿搭，今天穿了一件灰色棉質毛衣和黑色長褲，袖管捲到手肘的位置，露出他手腕上的黑色Daniel Wellington手錶。

他戴著耳機，視線專注地放在手機上，完全沒注意到我走到他身邊。

「嗨。」我拍拍他的肩，感覺手下的身體微微一僵。

嚇到了嗎？我突然覺得他的反應很可愛，誰叫他一直以來總是面無表情。

「嗯。」他應了聲，拔掉耳機，裡面隱隱傳來Ed Sheeran的歌聲。原來他跟我一樣，也喜歡這類型的音樂。

「你等很久了？」

「剛到。」他瞄了眼手錶，挑眉道：「我還以爲妳是會遲到的類型，沒想到妳這麼準時。」

「我這個人一向都很準時。」我露出不滿的表情，然後想起之前周凡勳和楊巧妍認爲我會遲到，所以把集合時間提早一個小時告訴我的事。我到底哪裡像會遲到的人？

「走吧。」他站直身體，率先邁開步伐。

我連忙跟上，「去哪？」

「等一下妳就知道了。」

聽他這麼說，我也沒有多問，只是半信半疑地跟著他。步行大約十分鐘後，我們停在一所高中的校門前。

「我們來高中幹麼？今天是假日，又沒在上課。」我納悶。

韓遠無言地瞥了我一眼，我這才意識到自己根本搞錯重點，上課的時候來更奇怪吧？

他走進學校大門，我牢牢跟在他身後。

穿過操場，我們來到學校的中庭，映入眼簾的場景讓我睜大眼睛。

專業的攝影器材、收音器、打光板……這裡似乎是某個電影或電視劇的拍攝現場。

「小遠！」

忽然，我聽見有人喚他的名字。

回頭一看，一名年輕男子正在遠處朝韓遠揮手，他和身旁的工作人員交代了幾句話之後，便朝我們走來。

「祖延哥。」韓遠禮貌地點點頭。

「哇，才幾年沒見，你也變得太帥了吧。」男子拍了拍韓遠的肩膀，打趣道：「乾脆我的下部片找你當男主角好了，肯定會迷倒許多女生。」

「別鬧了。」他無奈一笑。

我站在韓遠身後，默默觀察這個被他稱爲祖延哥的人。

他看起來很年輕，大約三十歲出頭，身上穿著一件寬鬆的白色襯衫和淺色牛仔褲，臉上蓄著鬍子，微長的頭髮在後腦勺綁成一束，頹廢中帶著一絲藝術家的氣息，手上則拿著一本看似劇本或是流程的東西，從剛才的對話推測，我猜他可能是導演或製作人。

「說眞的，你前幾天打電話給我，我還滿訝異的。」男子笑了一下，「看來你是眞的有意要接你爸的事業，相信他知道後一定很開心。你想學什麼儘管跟我說，我一定會教你的。」

一提到他爸，韓遠嘴角的淺笑稍微收回了些。

「這位是……」男子終於注意到我的存在，「你朋友？」

「她就是我那天在電話裡跟你提到的人。你不是說拍攝現場的人手不足，需要幫忙的人嗎？」韓遠將我拉到男子面前，「她叫孫永斐，是我的大學同學。」

「喔……」男子恍然大悟地點點頭，親切一笑，「妳好，我是安祖延。」

「你好。」我怯怯地頷首，瞥了韓遠一眼。

我到現在還是沒搞清楚狀況啊！什麼人手不足？什麼幫忙？我這是被賣掉了嗎？

「我等一下會請溫妮跟她解釋工作內容。我還有些事要忙，馬上就要開拍了，可是設備都還沒架好，照這個速度，今天的戲分肯定拍不完。」他輕嘆了一口氣。

「嗯，你先去忙吧，我們會自己看著辦的。」

男子走遠後，我望向韓遠，滿腹的疑問瞬間湧出，「到底是怎麼一回事？這就是你所說的幫我？什麼人手不足？」

「妳是遲鈍還是眞笨？」韓遠皺起眉頭，「妳看不出來這裡是哪裡？」

聞言，我環顧了一下四周，「不就是某個拍攝現場嗎？」

「妳沒聽過『安祖延』這個名字？」

「沒有。」

他好似不知道該怎麼說我，無奈地搖頭。

「所以？」我還是很困惑呀，他到底要不要幫我解惑？

韓遠正要開口解釋卻倏地停住，眼神越過我的頭頂，好像捕捉到了什麼，我順著他的視線轉頭，眼前熟悉的身影令我瞪大雙眼。

「何岳！」我想都沒想就喊出那人的名字。

何岳朝我看來，臉上立刻露出和我一樣的驚訝神色。

「永妻？」他一臉納悶地朝我走來，「妳怎麼會在這？」

「呃……」我偷覷韓遠，他則是一副「現在妳懂了吧」的表情。

韓遠，你眞的太神了！

「我……」我頓了頓，接著故作輕鬆地笑了下，「我來打工啊！我聽說你們的拍攝現場人手不足，加上我最近手頭有點緊，所以就過來當工讀生。」

明明上一秒還一頭霧水，我現在瞎扯倒是挺順的。

「工讀生？」何岳眉宇間的皺痕又加深了些，「妳媽知道這件事嗎？」

「當然不知道，你別告訴她。」要是媽媽知道我爲了何岳跑來打工，肯定會把我大卸八塊，再加上我這幾天剛拿到的慘不忍睹的期中考成績……

「這樣不好吧……」何岳似乎覺得我的做法有些不妥，「如果需要錢我可以借妳，在這裡打工太累了，妳還要上學。」

「不會啦，我是兼職，有空才會來，不會耽誤到課業。」而且爲了看你，再累也值得！

何岳沒有被我的解釋說服，繼續追問：「妳爲什麼手頭會很緊？是發生了什麼事嗎？」

「呃……」我瞥了韓遠一眼，怕他講出我撞到他車子的事情。

同時，何岳也注意到韓遠的存在，臉上流露出一絲小小的驚訝，「你是……韓總的兒子？晚宴那天我們有簡單聊過幾句。」

「我記得。」韓遠說。他的反應很冷淡，反倒是我有些訝異。原來他們早就見過面了？

「你們認識？」何岳看向我，再看向韓遠。

「對、對啊，韓遠是我的學長，我們前幾天在學校的活動上認識的，我也是透過他才找到這個打工機會。」我乾笑幾聲，用手肘頂了頂韓遠，要他配合我的說詞。

「嗯。」韓遠簡單應了聲。

「喔，對，我想起來了，那天韓總有提到你是盛宇的學生。其實我也是盛宇的，雖然目前休學了。」何岳笑了笑，「那……」

「何岳！」

遠方忽然傳來化妝師姊姊的聲音。

「馬上來！」何岳揚聲道，接著對我說：「永斐，我要先去準備了，等一下有時間再來找妳。韓遠，很高興能夠再見到你。」

「嗯，你趕快去吧！」我點了點頭。

何岳走遠後，我望向韓遠，說出我終於想通的事，「所以……你所謂的幫我，就是讓我來何岳拍攝的地方工作，增加我們接觸的機會？」

「嗯。」韓遠點頭，表情似乎是在說「幸好妳沒那麼笨」。

我再次感到不可置信。

我從來沒有跟韓遠提過，我因為何岳要拍微電影的事而傷心，他到底是怎麼知道的？

「你真的不會讀心？」

「是妳頭腦簡單，不用把我捧得那麼高。」

我忍住暴打他的衝動，問：「韓遠，你爲什麼要幫我？」

我跟韓遠的關係也算不上很熟，硬要說的話，我到目前爲止帶給他的只有麻煩，那他爲什麼要幫我？是出自於同情，還是他本身就是個外冷內熱的人？

他沉默了半晌，才緩緩道：「因爲我想修好我的車，前面撞成那樣很礙眼。」

「喔……」我明白了。所以我以打工的名義增加與何岳相處的時間，薪水則賠給韓遠。

一個雙贏的局面。

「修車的費用總共多少？」我問，畢竟這是他第一次提起修車的事情，「這樣我才知道要工作多久，我也不想一直欠你錢。」

韓遠用手比了一個五。

「五千？」我很是驚訝，這麼便宜！

韓遠似乎是覺得我很天眞，淡淡地補充：「五萬。」

Shit.

一聽到這個金額，我瞬間明白什麼叫做晴天霹靂。天啊，也太貴了吧！

「可以分期付款嗎？」我抿了抿唇，小聲問。

「可以。」韓遠還算有點良心，沒跟我多計較。

「我是來打工的，那你呢？」

他是有錢人家的大少爺，應該不太可能做一般工讀生做的事情吧？

「我有我的事要做。」他這樣回答。

我的工作基本上就是在片場打雜，像是幫忙架設器材、買飲料、拿東西，有誰需要幫忙我就提供協助，不會特別輕鬆，但也不會太累。

更重要的是，我有足夠的時間可以看到何岳，這就夠了。

這部微電影是校園愛情片，何岳飾演的角色是一名十項全能的資優生，在同學和老師之間都很受歡迎，余亞琳的角色則是學校的不良少女，雖然外表冷酷，其實擁有一段不為人知的黑暗童年。

兩個看似不同世界的人，卻因爲一場誤會而意外產生火花。

儘管何岳是第一次演戲，但表現一點也不顯生澀，可能是角色和他本身的性格有些相似，所以心境不需要太大的轉變。

他的戲分幾乎是一次就OK，反觀演員出身的余亞琳NG的次數比他還多。

余亞琳今年二十二歲，十六歲就以一齣電視劇的配角出道，知名度卻是直到去年拍了寫眞集後才開始大增，被媒體冠上「宅男女神」的封號。

她的臉蛋很漂亮，個子嬌小，可是身材很好，是很多男生喜歡的那種類型。

她和何岳都是MEC娛樂旗下的藝人，這次公司安排他們合作，是希望能透過微電影一石二鳥，同時爲兩人增加曝光率。

我剛從超商買完飲料回來，大老遠就瞧見何岳站在樹蔭下溫習劇本。通常他身旁都會跟著Jason或片場助理，今天難得只有他一個人，我忍不住開心地喊：「何岳！」

聞言，他抬起頭，看到我一個人拎著兩大袋飲料，眉頭輕皺，「買給大家的？」

「嗯，溫妮姊叫我買的。」我點頭。

溫妮姊是導演特助，負責管理拍攝現場的所有大小事。

說到導演，那天回家後，我上網查了一下「安祖延」這個名字，才發現他居然被稱作是亞洲導演界的鬼才、下一個李安，我眞是有眼不識泰山，難怪韓遠當時的表情那麼無言。

安祖延二十五歲就執導了他的第一部電影，票房破億，上一部作品更是同時入圍金馬獎最佳影片和最佳導演，即便是遺珠，他的能力在業界也早已備受肯定。

他的特點就是能把普通的劇情拍得很唯美，寫實中卻又能夠讓人有怦然心動的感覺，並且捕捉到演員最好的瞬間。以往他只拍電影，聽說這次是BC製作的韓總和MEC娛樂的老闆一起拜託他，他才特別空出一個月的時間接下這部片的拍攝，目標是製作出一部高質感的微電影，提高新媒體平台的水準。

「我幫妳吧。」他將劇本塞到褲子口袋，一隻手伸向我手中的袋子。

「不用啦！」我轉過身體拒絕，「你專心背劇本吧。」

「我已經背完了，別擔心。」他堅持拿過袋子，還幫我把飲料分給片場的工作人員。

看著這一幕，我心裡不禁暖了起來，但還來不及跟何岳多相處，化妝師Annie姊就把我叫住，「永妻，可以幫我一個忙嗎？」

Annie姊以瘦小的身軀拖著兩大袋行李，見狀我連忙上前幫忙。

「這兩袋是什麼？」

「余亞琳的衣服。」Annie姊說，然後翻了一個白眼，「眞不知道她帶這麼多衣服是要幹麼，重死了。明明我們有準備她的戲服，她根本是在找麻煩。」

好不容易把行李袋搬到更衣間，我和Annie姊累得汗流浹背，癱坐在椅子上休息。

「唉。」她嘆了口氣。

由於Annie姊的年紀比較輕，個性又活潑外向，幾次交談後，我們很快就熟了起來，只要空閒的時候，我就會到化妝區找她聊天。

「怎麼了？」

「我眞不懂MEC爲什麼要捧余亞琳，除了長相以外，一點才藝也沒有，不是大咖卻整天擺臉色，演技又爛，我看連安導都快拍不下去了。」Annie姊抱怨。

我點頭表示同意。

雖然我跟余亞琳沒有太多直接接觸，但她的確給人一種自視頗高的感覺，明明我們年紀相仿，她對現場比她年長的工作人員卻一點尊重也沒有。

每次經過我身邊時，她總是一副狗眼看人低的眼神，感覺很不友善，可是一看到何岳或導演，她又是另一副甜美的模樣，簡直是百變女王。

「要是每個藝人都跟何岳一樣就好了，不但人帥、有禮貌、又體貼。」Annie姊感嘆道，然後挑了挑眉，「不過妳跟何岳的感情眞好，他剛才還幫妳拿袋子，眞是個暖男。」

「好歹也認識十幾年了。」

我剛來的時候，大家便注意到我和何岳的關係很好，於是一度有流言說我們在交往，後來發現我們其實是鄰居、從小就認識，傳言也跟著消失。

好像一被冠上「青梅竹馬」這個詞，引人遐想的空間就很有限。

「妳跟何岳從來沒有友達以上？」Annie姊瞇起眼。

唉，我也這樣希望啊。

即便心裡這麼想，表面上我只是乾笑幾聲，「怎麼可能，我可不想被他的粉絲圍毆。」

「喔……」Annie姊想想似乎也覺得有道理，又曖昧地問：「那妳跟BC的小少爺呢？」

「我跟韓遠？」我皺眉，「我們怎麼了？」

「聽說妳當初是被他介紹進來的，而且他還是妳的學長……你們兩個？」Annie姊比了一個我看不懂的奇怪手勢，形狀有點像是愛心，「You know?」

I don't know.

「韓遠才看不上我，他大概只喜歡名模那類型的女生吧。」我聳肩。

或者是像汪予葳那樣，各種條件都很好的女生。

「也是，畢竟他長得那麼帥，家裡又有錢，應該有一堆女的巴著他。」Annie姊點頭，「聽說他爸就是個很花心的人，女朋友一個接著一個換，而且每個都是名模，因此時常上娛樂新聞。」

「女朋友？」我難掩驚訝的語氣，「那他媽呢？」

「不知道，可能離婚了吧。」

我皺眉，接著想起之前在晚宴見到韓遠爸爸的場景，當時他身邊的確跟著一個年輕又漂亮的女伴，一看就知道不是韓遠的媽媽。難道這就是韓遠跟他爸關係不太好的原因？

跟Annie姊小聊了一會後，她就去幫待會要上場的演員化妝。

我回到拍攝現場，正好碰上何岳的戲分，劇情來到他發現女主角被學校的一群男生找麻煩，決定挺身而出，是電影的重要橋段之一。

然而，我的注意力卻慢慢從何岳轉移到站在導演身後的韓遠身上。

韓遠似乎是來觀摩學習的，因爲在片場時他總是跟在安祖延身邊，我常看到兩人在討論劇本或拍攝手法，而安祖延總是對他露出讚賞的眼神。

我望著韓遠，他則雙手環抱在胸前，專注地看著安祖延前方的小螢幕。

都說認眞的男人最迷人，大概就是形容韓遠現在的模樣吧。

此刻的他少了一些淡漠，多了一些專業的感覺。

「卡！」安祖延喊道：「何岳，演得很好，我們休息十分鐘再繼續。」

Jason立刻上前幫何岳披上外套，以應付最近的低溫。

來到片場之後，我才發現Jason眞的是一個很盡責的經紀人，永遠把何岳擺在第一順位，不管多瑣碎的事他都會幫何岳做好，一些容易被遺忘的小細節也都處理得很妥當。

我將視線轉回韓遠的方向，卻發現他修長的身影已經不在原來的位置。

「人呢？」我皺眉。

他不但會讀心術，還會瞬間移動嗎？

我往休息區的方向走去，原本是想拿點東西吃，卻看見韓遠站在飲水機前，於是我朝他走去，並拍了拍他的肩。

「嗨。」

因為他背對著我，我沒察覺他正在吃藥，被我這麼一嚇，他身體猛地一僵，手中的藥丸差點滾落地上，幸好他反應快，馬上將手握緊。

「對不起……」我愣了愣。

「沒關係。」韓遠平淡道，快速將手中的藥丸吞下。

見狀，我忍不住皺起眉頭，「你生病了？」

最近寒流來襲，難不成他感冒了？我沒多想，將手貼上他的額頭，與自己的體溫做比較。

大概是我平時就是這樣和何岳互動的，所以我完全沒有意識到自己的舉動在別人眼裡看起來很曖昧，也沒有注意到韓遠正若有所思地望著我。

「啊，抱歉。」注意到韓遠的目光後，我連忙縮回手，尷尬地笑了下。

我到底在想什麼？他又不是何岳，我怎麼會這麼自然就把手貼上去？

「沒關係。」韓遠淡淡道，眼神中卻多了一絲柔和，我不確定是不是我看錯了。

「你還好嗎？身體不舒服嗎？」由於韓遠的膚色本就偏白，我無法從他的臉色看出什麼端倪。

「我很好。」他將杯中的水飲盡，然後往片場的方向走去，我連忙跟上。

「那你剛才吃的藥是什麼？補品？」

「可以這麼說。」

「眞的假的！」我睜大眼，沒聽出來他是在敷衍我，「補什麼？爲什麼你每天都要吃？」

「妳怎麼問題這麼多？」他停下腳步，黑眸直直地望著我。

「就好奇啊……」我抿了抿唇，誰叫你那麼神祕。

「妳和妳的青梅竹馬進展得怎麼樣？」韓遠換了一個話題。

「毫無進展。」我誠實回答，接著嘆了一口氣，「他那麼忙，根本沒什麼多餘的時間和我互動。」

何岳不是在拍戲、背劇本，就是在整理造型，再加上最近拍攝的節奏加快，所以他能和我相處的空檔少之又少。

「不過沒關係，能看到他我就很開心了。」我笑了笑，「之前他準備發片的時候，我幾個月都見不到他一面，現在一個星期就可以看到他好幾次，我已經很滿足了。」

「我看他對妳滿不錯的，也許妳不是完全沒有機會。」韓遠語氣輕鬆。

「何岳從小到大都對我很好，因爲他本身就是一個很溫柔的人。」我無奈地說：「但那跟愛情有沒有關係，又是另一回事。」

「妳都沒有試著問他，或是想辦法試探，他對妳的好是出自友情還是愛情？」

「怎麼問？問了，他不就知道我喜歡他了？」

「那妳是打算一輩子都不告白？」韓遠似乎搞不懂我的心態。

「我當然會……吧？」我頓了頓，「看情況。」

其實我也不知道，這個祕密藏得太久，久到我不知道要怎麼說出口。

「話說回來，你是來片場觀摩的？」我不想再聊何岳，以免我又想太多。

「嗯。」韓遠點頭，神情如同剛才在片場時一樣認眞，「從拍攝的過程開始參與，才知道一部好的作品，成功的關鍵是什麼。」

「哇，未來的韓製作！」我打趣他，並好奇地問：「那你跟安導是怎麼認識的？感覺你們很熟。」

「我從小就認識祖延哥了。」韓遠徐徐道：「他的第一部電影就是BC製作的。當時他很年輕，沒有人相信他可以拍出什麼好作品，但是我爸覺得他很有潛力，贊助了他很多經費，所以他以前經常來我家拜訪。」

「這樣啊……」我點頭，「我看你好像很常來片場，都不用忙學校的事嗎？」

「企管系的課很簡單，不需要花什麼時間。」

唉，果然只有聰明的人才能講出這種話。

哪像我，有上課還是聽不懂，就算拚命複習，考試成績還是爛得一塌糊塗，眞不公平。

「也是，聽說你本來是醫學系的學生？相較之下，企管系的課對你來說應該是小case。」我想起之前詩芸所說的八卦。

聞言，韓遠的表情頓時變得有些僵硬。

但我沒注意到他的異樣，繼續好奇地追問：「不過，你爲什麼會轉——」

我話還沒說完，身體就被人從背後用力撞了一下，突來其來的力道令我沒站穩，整個人向前跌去，眼看我的臉馬上就要與地板親密接觸，韓遠反應迅速地拉住我，順勢將我摟入懷中。

「還好嗎？」我耳邊傳來他好聽的聲音。

然而，我的腦中一片混亂，連一個字也說不出來。

我的臉緊貼他厚實的胸膛，鼻息間是他衣服上殘留的淡香。透過布料，我還可以感受到他的體溫以及不規律的心跳。

「孫永斐？」見我沒有反應，他語氣中多了一絲擔心。

「啊，對不起！我趕著要把流程送到安導手中，沒注意看路，抱歉！」我聽見後方傳來男生的道歉聲。

「沒關係。」韓遠替我回答，對方又道了一次歉之後，快步跑走。

韓遠鬆開我，黑眸直直地望著我，「沒事吧？」

一股熱意倏地攀上我的雙頰，心臟也跟著愈跳愈快。我不明白這反應是從何而來，反射性低下頭，不想讓韓遠看到我臉紅的模樣。

「沒事，謝謝你。」

「那就好。」

正當我準備轉過身時，韓遠卻突然按住我的肩膀，再次把我攬入懷中。

「怎、怎麼了？」

「別動。」他加重擁抱我的力道，「我在幫妳。」

「什麼？」我一頭霧水，心跳瘋狂加速，整個人有種缺氧的感覺。

韓遠，你這是謀殺啊！

忽然，我身後傳來一道熟悉的嗓音，「……永斐？」

他的聲音帶了些保留和不確定，此時韓遠驀地鬆開擁抱著我的雙臂，我一得到自由就趕緊回過頭，只見何岳皺著眉頭，面有難色地注視著我和韓遠。

「你們……」他頓了頓，「在幹麼？」

他看向韓遠的眼神中參雜著一絲敵意，我從來沒看過何岳露出這種表情。

「我、我……剛才被人撞了一下，差點跌倒，韓遠只是拉了我一把而已。」我語無倫次地解釋，又瞥了一眼一臉輕鬆的韓遠。

「喔，原來是這樣。」何岳微微頷首，眉間的皺痕卻沒有消失。

「嗯，對啊。」我猛點頭，「你呢？」

「我正要去更衣區，等一下的戲分需要換衣服。」何岳說，視線仍緊盯著韓遠不放。

「這樣啊，那你趕快去吧！」我乾笑，這場面尷尬得讓我有點喘不過氣，但我不明白這緊繃的氣氛究竟是從何而來。

「嗯……」何岳點完頭，朝更衣區的方向走去。

等何岳走遠之後，韓遠淡淡地說：「孫永妻，妳是有機會的。」

然後，他就邁開步伐往片場走去，丟下一臉納悶的我。

很快地，我在片場打工已經快滿三個星期了。這段期間我只要沒課就會往片場跑，不但缺席所有系學會的會議，也幾乎沒有跟身旁的朋友聯絡。

好不容易抽空跟宣寧見面，她劈頭就問：「孫永妻，妳最近都在忙什麼？」

「呃……」我遲疑了一會兒，直覺反應是不告訴宣寧真相，不然她又要大驚小怪了。

「妳是不是交男朋友了？」見我一臉猶豫，宣寧忍不住驚呼：「難怪最近都找不到妳，傳訊息給妳，妳也沒看，原來是這樣！快說，到底是誰？」

「我沒有交男朋友。」我連忙否認，有點不好意思地說：「其實，我是去打工啦。」

「打工？打什麼工？」宣寧蹙眉，「妳爸媽每個月給妳那麼多零用錢，妳發什麼神經去打工？」

「我上次不是撞到別人的車子嗎？」我嘆氣，「我媽說要我自己負責，而修理費總共五萬，為了還債，我只好去打工。」

我講的是事實，只是省略了一些細節。

「五萬！」宣寧瞪大眼，「妳到底是撞到什麼車啊？」

「BMW。」我再次嘆氣。

韓遠，你爲什麼要開那麼好的車？

「天啊，也太衰了吧。」宣寧拍了拍我的肩膀，一臉無奈和同情，「我很想幫妳，但我也沒有錢。」

「沒關係啦，誰叫我自己不遵守交通規則。」

而且其實也沒那麼慘，至少我現在可以經常看到何岳。

「妳爸呢？他那麼疼妳，妳撒嬌一下，他應該就會幫妳付了吧？」

「喔，別鬧了。」我趕緊搖頭，「我爸那個人超級正經八百，要是被他知道我開車撞到別人的車，肯定會把我殺了。」

「是喔……」宣寧似乎想不出其他對策，表情有些苦惱。

我告訴她別擔心，想快點結束這個話題，因爲我怕再繼續聊下去，會瞞不住在片場打工的事，到時候又要跟她解釋一大堆。

高中的時候，我跟宣寧說我不喜歡何岳，從那之後，我就再也拉不下臉跟宣寧坦白，其實我當初說謊了，於是每次只要一聊到何岳，我就只能裝蒜、假裝不在乎。

想到這，我不禁覺得奇怪。

爲什麼聯誼那天韓遠問我是不是喜歡何岳，我想都沒想就承認，還跟他講了一堆心裡的話？就連在我的好朋友面前，我都沒辦法這麼坦誠。

也許是因爲韓遠有雙彷彿能將人看透的黑眸，好像就算我不跟他講，他也能把我心中的想法看得一清二楚。

不過也幸好我有跟韓遠說實話，不然他就不會幫我了。

我和宣寧來到一家日式豬排店，吃完飯後，宣寧說她想去逛唱片行，因爲她很喜歡的韓團下個星期要來台灣表演，她想買專輯和海報支持他們。

到了唱片行，宣寧興奮地去找海報和專輯，而我一個人在店裡閒晃。

經過排行榜的架子時，我不自覺停下腳步。

何岳的專輯被放在第三名的位置，第一名和第二名的專輯則皆出自於知名的大牌歌手。

距離何岳發片已經有一段時間了，再加上他是新人，專輯能夠穩坐排行榜前三名眞的很了不起，難怪媒體都封他爲下一個林俊傑。

我戴上耳機，看著專輯的歌曲列表，思考了片刻，最後我還是選擇播放〈別告訴我〉。雖然這首歌我已經聽過上百遍，卻怎樣也聽不膩。

耳邊迴盪著熟悉的鋼琴旋律，我彷彿又回到高中時期，何岳第一次在學校琴房彈這首歌給我聽的時候，沒想到時間竟過得這麼快。

我閉上眼睛，讓自己沉浸在優美的鋼琴旋律中。

所以別告訴我　別用眼神說愛我
能不能就讓我們　停留在現在這個剛好的段落
妳的存在　對我來說已經成為一種習慣
只要妳能繼續像現在一樣笑　對我　或對他也好
我願一人承受　從遠方看妳幸福的寂寞

只要　妳還在我生命的某一處
就好

聽著副歌的歌詞，我忽然想起上次在家裡跟他的對話。

「你寫〈別告訴我〉這首歌，是因爲汪予葳嗎？」

「……可以這麼說吧。」

即便何岳這麼說，我還是無法將他和汪予葳的戀情投射在這首歌上。〈別告訴我〉的歌詞雖然簡單，字句間卻流露出一種一言難盡、苦澀又帶著痴情的愛意。

我知道在他們交往的期間，何岳是眞心喜歡汪予葳，但他們之間的情況跟這首歌好像搭不太上，我也說不上來那種不對的感覺。

何岳從沒認眞跟我解釋過他和汪予葳分手的原因。我只記得分手後不久，他就被MEC娛樂簽下，所以我很自然地假設這就是分手的主因。

一個即將成爲大明星的人爲了夢想跟高中的初戀情人分手……我的天，這簡直是小說劇情吧。

我甩甩頭，不讓自己再繼續想下去，愈想我就愈覺得這一切是我自己在逃避現實，不想面對我輸給汪予葳的事實。

「孫永斐，妳是有機會的。」

直到現在，我還是不明白韓遠那天說的話究竟是什麼意思。

是因爲當時何岳見到我跟韓遠抱在一起，露出有敵意的眼神？可是光靠一個眼神又能證明什麼？也許何岳只當我是妹妹，那個眼神是源自哥哥的保護欲。

我不想要多想，給自己錯誤的希望，畢竟我和何岳現在的距離實在太遙遠了。

同時，我想起那天韓遠把我摟在懷裡，那股心跳不受控制、瘋狂加速的感覺。

我不是沒有跟何岳以外的男生接觸過，但是這種我無法掌控的悸動，卻是除了何岳之外，第一次有其他人給我這樣的感覺。

「我買完了！」忽然，宣寧拍了拍我的肩，音樂正好也在此時結束。

「嗯。」我摘下耳機，「走吧。」

我和宣寧走出唱片行，往捷運站的方向走去，不料在等紅綠燈時，宣寧突然出聲：「咦，那個人不是汪予葳嗎？」

我順著宣寧的視線，果然在對面的人行道上看到她，不過抓住我目光的不是汪予葳，而是她身邊那個淡漠的身影。

「她旁邊那個男生是她的男朋友嗎？」宣寧驚呼，「也太帥了吧，完全不輸何岳耶。」

我沒回應，目光緊盯著韓遠高瘦的身軀。

他和汪予葳並肩走在一起，那畫面明明是那麼美好，我卻覺得異常刺眼。

只見汪予葳勾住韓遠的手臂，接著指向前方的一家服飾店，好像是在說她想要逛那間店，而韓遠點頭，隨後兩人走入店裡，消失在我的視線中。

「眞不公平，爲什麼她身邊的男生都這麼優質？」我聽見宣寧低聲抱怨。

一股悶悶的感覺驀地在我心中蔓延。

這種感覺跟當初我在走廊撞見何岳和汪予葳在一起時，一模一樣。

從開拍的第一天算起，已經是第四個星期了，原本微電影預計要在一個月內拍完，但是近期的拍攝卻很不順利，進度嚴重落後，原因在於余亞琳的表現讓安導不是很滿意，每場戲都要拍好幾次才OK。

這也使得片場的氣氛有些緊繃，因爲每NG一次，安祖延的臉就更臭上一分。

「卡，重來！」安祖延起身，神情很是不悅，「亞琳，妳的表情太僵硬了。剛才不是說過要妳入戲一點嗎？」

「對不起，導演。」余亞琳失落地低下頭，模樣楚楚可憐，本想開罵的安祖延只好忍住，不然她可能隨時會哭出來，而這樣只會更拖延進度。

「休息一下，我們再繼續。」安祖延擺手，從口袋掏出一包香菸後，朝片場外走去。安祖延似乎只要壓力一大就會到片場外抽菸，而近來他往片場外走的頻率明顯增加許多，一天至少要抽掉半包菸，令劇組的人都不禁擔心起他的健康。

「她是故意的。」站在我旁邊的Annie姊小聲說。

「什麼？」我皺眉。

「余亞琳啊。」她的眼神投向正在喝水休息的余亞琳，「這場不是吻戲嗎？她一定是故意NG，想吃何岳豆腐，感覺何岳快被親到吐了。」

聞言，我忍不住朝何岳看去。

的確，何岳的表情隨著NG次數增加，越發地不自在。

而他身穿高中制服的模樣也讓我回想起高中時的青澀時光，只不過，回憶裡有許多場景是他和汪予葳並肩走在一起的刺眼畫面。

話說回來，原本我以為自己會因為何岳要拍吻戲而感到傷心，即便那只是個有如蜻蜓點水般的吻，畢竟我當初不過是聽說何岳要拍微電影，心情就低落了好長一陣子。

然而，我今天卻異常冷靜，一點也不難受，這令我自己都覺得訝異。

究其原因，大概是這幾個星期下來，我發現余亞琳是一個空有外表、沒有內涵的人，不是我當初所想像的女神，所以我不擔心何岳會對她有感覺。

又或者是在這段期間，我也成熟了一些吧？

何岳現在是公眾人物，不可能什麼事都順著我的心意去做。

我抬腳走向何岳，原本是看他有點沮喪，想跟他說幾句打氣的話，但中途安祖延生氣的大吼聲嚇得我停下腳步，回頭一看。

「搞什麼東西！」安祖延將手中的劇本狠狠摔在地上，「妳說她不來了是怎樣？」

「好像是她突然接到一個代言活動，時間剛好撞到，所以明天就不來了。」溫妮姊解釋，神情有些膽怯。

片場所有人都看向安祖延，沒有一個人敢吭聲。

「媽的，一個小模還給我耍大牌，當初要不是她那爛公司的老闆拚命拜託我，我才勉強安排一個小角色給她，而她現在居然敢不來？」他冷哼一聲，「溫妮，妳跟王總說，以後他旗下的藝人別想拍我的片，我這個人面子只賣一次。」

溫妮姊點頭，小聲問：「那她的戲分怎麼辦？雖然只是客串的小角色，可是少了她的話，劇情會不通……」

「我知道。」安祖延煩躁地搔了搔頭。

我望向何岳，只見他眉頭深鎖，表情不太好看。

「何岳，依照這樣的拍攝進度，我們可能要延後跟李製作的會面了……」我聽見Jason小聲跟何岳說。

「不行！」不料何岳的反應卻出乎意料的大。

Jason瞪大眼，似乎有點被何岳嚇到了。

何岳馬上意識到自己的失態，尷尬地笑了下，「我的意思是，我們已經延過一次了。李製作那麼大牌，我不想失去跟他合作的機會。」

「也是。」Jason點頭，懊惱地嘆了口氣，「可是現在安導不知道要上哪去找臨演，余亞琳又狂NG，肯定拍不完啊。」

見到何岳一臉苦惱的模樣，我突然覺得很心疼。

我眞希望自己能夠幫上他的忙，而不是只能默默看著他煩惱。

「永斐！」忽然，我聽見有人在喊我的名字，循著聲音，我看到溫妮姊正不斷向我招手，「過來一下。」

我朝她走去，心裡不免有些納悶，畢竟她平時只有在吩咐我去買飲料的時候才會找我。

「怎麼了，溫妮姊？」

她和安祖延上下打量著我，令我有點不自在。

「可以吧？」溫妮姊小聲對安祖延說。

「嗯……應該可以。」安祖延點頭，接著問我：「永斐，妳明天有沒有空？」

「明天？應該有吧……」我有些保留地回答，不明白他這個問題的用意。

「相信妳剛才也聽到了，我們出了一點狀況，原本飾演一個小角色的人臨時放我們鴿子，所以我們必須找一個臨演……妳願意嗎？」

「蛤！」我睜大眼，「我？」

「嗯，妳跟我們原先找的那個人身形和感覺都很像，台詞只有一兩句，很簡單……」他頓了頓，「不過妳要被甩巴掌……即使只是做個樣子，我完全可以理解妳可能會覺得不舒服，可是如果妳願意，這眞的會幫上我們很多忙。」

「我……」看著安祖延懇求的眼神，再想起何岳煩惱的神情，我實在沒辦法狠下心拒絕。

「我可以。」最後我點頭。

「太好了。」他露出一抹淺笑，臉上的怒氣減少了些，「謝謝妳，永婓。」

「不會，能幫上忙，我也很開心。」雖然我表面上這麼說，心裡卻相當懊惱。

「溫妮，麻煩妳跟永婓解釋一下，關於明天拍攝的事情。」

「嗯。」溫妮姊點頭，然後把我帶到一旁，先是試穿戲服，再把劇本給我，告訴我明天應該怎麼演，並安撫我不要緊張。

溫妮姊離開後，我在長椅上坐下，深深地嘆了口氣。

我應該算是會演戲的人吧？

畢竟之前撞到韓遠的車子裝哭時，警察似乎輕易就相信了我的說詞，再加上溫妮姊說明天戲分的重點其實是余亞琳，我不需要有太大的壓力。

嗯，沒事的。我這樣告訴自己。

「妳是白痴嗎？」我耳邊忽然響起一道帶著怒火的嗓音，抬頭一看，韓遠焦慮的神情映入我的眼簾，「別人拜託妳什麼，妳就答應？」

我一愣，不懂他的反應為什麼會如此激烈，「因爲導演和大家都在爲這件事情困擾，我只是想幫上忙而已。」

「妳眞的以爲明天就只是上去講一兩句台詞？妳把演藝圈想得這麼簡單？」韓遠愈講愈生氣，「妳難道不知道，余——」

「你幹麼這麼凶？」我打斷他，猛地站起身。

那天他和汪予葳走在一起的畫面從我腦中閃過，心中瞬間燃起一股莫名的怒火。

爲什麼他能夠對汪予葳露出那種溫柔的笑容，對我就是這種口氣？爲什麼我身邊的人總是對汪予葳比較好，我到底哪裡比她差了！

「我只是想要幫忙而已，這有錯嗎？到底關你什麼事！」

被我這麼一吼，他頓時愣住了，止住原本要說的話。

「別怪我沒警告過妳。」最後，他冷冷丟下這句話後，就掉頭離去。

不知道爲什麼，望著韓遠的背影，我突然一陣鼻酸。

跟我當初看著何岳走向汪予葳那時一樣，最終只剩我一人在原地。

「妳不過就是一個被爸媽拋棄的太妹，別以爲顏亞軍稍微對妳好一點，妳就——」

啪！

響亮的巴掌聲迴盪在片場內，一陣火辣的麻感迅速在我的左臉頰蔓延開來，我不禁在心裡咒罵：靠，也太痛了吧！

我看著余亞琳那張漂亮的臉蛋，而她激動地說：「住口，妳……」

然而，話才講到一半，她就停住了，接著露出懊惱的表情，「對不起，我又忘詞了！」

「卡！」安導皺眉，「亞琳，到底是怎麼回事？這已經是第四次了，妳連這麼簡單的台詞都記不起來？」

沒錯，第四次了。我感覺我的左臉已經被打到快要失去知覺了。

這段的劇情主要是在講余亞琳飾演的角色陳瑩被暗戀何岳角色的資優生，也就是我客串的角色找麻煩，一氣之下甩了我一巴掌。

陳瑩在學校的人眼中是一個麻煩人物，由於她愛蹺課、性格孤僻，甚至曾經進過少年觀護所，所以學校裡的人都對她避之唯恐不及。可是很少人知道，她的父母在她年幼時，就因爲幫別人作保而走上絕路。她一個人長大，經歷過很多心酸往事，使她無法對周遭的人產生信任，因此喜歡我行我素。

明明昨天導演說過，打巴掌只是做個樣子，余亞琳卻每次都實實在在地打下去，事後又說她是因爲無法控制情緒才會失手，並假裝深感抱歉。

既然妳情緒這麼豐富，爲什麼就是記不住台詞？

「對不起……」余亞琳低下頭，「我不是故意的。」

眞的嗎？我忍不住在心中翻了一個白眼。

「安導，眞的很對不起，亞琳最近每天除了準備拍戲，還接了許多代言，所以壓力很大，請你多包涵。」余亞琳的經紀人連忙上前跟導演鞠躬解釋。

我咬著下唇，摀上疼痛的左臉。

由於余亞琳一直NG，拍攝的進度比預期的落後許多，大家的表情都很緊繃，這股沉重的氣氛也壓得我有些喘不過氣。

我看見何岳面色凝重地在Jason耳邊講了幾句話，但Jason只是搖頭，表情無奈。

現在我終於懂爲什麼藝人的身邊要有經紀人了。因爲在這種時候，經紀人就會出面要余亞琳別再鬧了，可惜我既不是明星，也沒有經紀人，又有誰會爲我挺身而出？

我望向安祖延身旁的韓遠，只見他雙手環抱在胸前，眉頭深鎖。

我想起昨天韓遠怒氣沖沖的模樣，萬分後悔沒有聽他把話說完。我果然把一切想得太簡單了，以爲只要講一兩句台詞就好，誰知道余亞琳會耍這種心機。

「好，再來一次。」安導的口氣不太好，「亞琳，妳這次最好一次OK，別再給我找麻煩，因爲妳，我們已經落後很多進度了。」

余亞琳咬住下唇，似乎是覺得被當眾教訓很丟臉。

她那雙大眼瞪著我，眼裡閃爍著不悅，我不禁心想：完了。

「Action.」

「妳不過就是一個被爸媽拋棄的太妹，別以爲顏亞軍稍微對妳好一點，妳就——」我念出早已爛熟於心的台詞，下一秒，我瞧見余亞琳揚起手朝我揮來。

啪！

她甩巴掌的力道大到我整個人後退了幾步，我瞬間覺得有些暈眩。

「住口，妳對我又知道什麼了？」余亞琳道，但我一陣耳鳴，什麼也聽不見，「沒有人有資格提到我的父母，妳聽到了嗎！」

我傻了幾秒才說：「陳瑩，妳死定了！」

然後，轉身。

「卡，很好！」安導起身，接著對我說：「永斐，辛苦了！」

他完全沒有提到余亞琳，我瞥見她的表情有些不爽，似乎很不甘願。

「Mark，我的外套呢？我快冷死了！」余亞琳轉頭朝她的經紀人大喊。

聽她這麼一說，我忽然也感覺到一陣冷意，天空這時開始飄起了細雨，我的身體忍不住顫抖了起來。

最近天氣降溫了，劇組所準備的戲服卻是短袖的，而這場戲拍了快一個小時，我也因此吹了快一個小時的冷風。我雙手環抱著自己，朝更衣區走去。

突然，有人將一件溫暖的外套披在我身上。

我回過頭，微微一愣，「……何岳。」

「披著，小心著涼。」他擰眉，「孫永斐，妳怎麼這麼傻？別人拜託妳什麼事，妳就答應，都不會爲自己多想一些？」

他語氣責備，眼中卻帶著心疼。

「我……只是想要幫你而已。」我抿了抿唇，「我聽到你跟Jason的對話，說如果拍不完，你就必須延後跟李製作的會面，我原本以爲只要講一兩句台詞就好了，沒想到會這樣……」

李製作。

當我講出這三個字的時候，何岳的表情明顯一怔，右眼角微微抽動了一下。

我不懂他爲什麼會有這樣的反應。

「對不起，永妻。」何岳輕吐了一口氣，「我沒想到妳是因爲我才決定幫忙的。」

「是我自己要幫的，你不用覺得抱歉。」我搖頭。

聞言，何岳的眼神變得有些複雜，接著他一把抱住我，完全不顧周遭人的眼光。

我不禁一愣，雖然認識了十幾年，我們擁抱的次數多到數不清，但這次的擁抱有一點不同，從他抱著我的力道，我可以感受得到這次並不是我在多想。

我屏住呼吸，騰在半空中的雙手不知該往哪裡擺。

最後，他終於鬆開我，拉著我朝更衣區走，「去換衣服吧，小心感冒了。」

換過衣服後，我坐在椅子上休息，雙手捧著何岳端給我的熱水，整個人瞬間暖和了許多。

「妳的臉還會痛嗎？」何岳擔心地問。

「不會了。」我搖頭，貪圖著此刻他對我的關心。

好像有那麼一點不同了，這不只是青梅竹馬之間的關心。

「余亞琳的風評很差，聽說只要是她看不順眼的人，她就會想辦法整對方，很多跟她對過戲的女藝人，甚至是工作人員都反應過這件事。」何岳嘆了口氣，表情有些自責，「抱歉，我沒有辦法保護妳，我本來想請 **Jason** 跟安導反應，可是 **Jason** 說余亞琳的背後有人在撐腰，我們惹不起。」

原來是這樣啊……難怪她明明演技差、態度差，大家還是對她睜一隻眼閉一隻眼。

「剛才妳被她那樣欺負，我看了很難受。」何岳認眞地注視我，話中沒有一絲虛假。

有那麼一瞬間，世界上彷彿只有我們兩個，其他人都不存在。

「永斐，我進入這個圈子後，很多事情都跟以前不一樣……我沒辦法保護妳，也不能一直待在妳身邊，所以妳要好好照顧自己，別總是把別人放在自己前面。」

我頓時愣住了。

明明我知道他是出自於關心才這麼說，然而爲什麼在我聽來卻這麼像……離別？

明明前一秒我還覺得我和何岳是有機會的，但是現在他好像在刻意指出我們之間逐漸擴大的距離一樣。

「永斐，我會一直陪著妳的。我保證。」

這個承諾已經不算數了嗎？

之後何岳回去繼續拍戲，我則是收拾好東西，決定提早回家。

我一路心神不寧地走著，腦中不停重複何岳剛才所說的話，心裡五味雜陳。天空依舊飄著細雨，可是我絲毫沒有感覺。

在我踏出校園之際，忽然有一股力量把我拉進大門旁邊的小巷子。定神一看，只見余亞琳臭著臉上下打量我，眼神不屑。

「妳到底是誰？」她的口氣裡滿是質問。

「什麼？」

「我問，妳到底是誰？」她朝我逼近，「不過是個工讀生，爲什麼安導和何岳都那麼護著妳？妳是跟誰上床才拿到今天的角色的？」

「妳到底在講什麼？」我感到莫名其妙，「妳昨天沒聽到導演跟溫妮姊的對話嗎？不就是被原本的演員臨時放鴿子，他們找不到人才拜託我的嗎？」

大概是因爲此刻巷子裡只有我們兩人，不若在片場有許多雙眼睛盯著，所以我的口氣顯得很不耐煩，畢竟我也不是演藝圈的人，跟何岳不同，我不需要怕惹到她。

「妳——」余亞琳似乎找不到反駁我的話。

「沒事的話，我要走了。」我繞過她，翻了一個白眼。

一想到今天發生的種種，如今還要被她找麻煩，我就覺得心情很差。

不料我才走沒幾步，余亞琳就一把拉住我，用力將我壓在身後的牆上。

「妳到底想幹什麼？」她突如其來的舉動嚇了我一大跳。

明明我比她高了快半顆頭，但此刻她眼中的不友善讓我有些害怕，直覺告訴我，她是一個什麼事情都做得出來的女生。

「妳最好別用那種口氣跟我講話。」她瞇起大眼，語帶威脅。

「不然妳要怎樣？」我不顧自己的直覺，再也壓抑不住滿腹的怒火，「故意NG、甩我巴掌嗎？我只是來打工的，又不是妳的競爭對手，妳有這麼多時間來找我麻煩，不如好好背劇本，不要一直拖累劇組。」

大概是被我說中痛處，她的臉瞬間脹紅，「妳說什麼？」

她惱羞成怒，揚起左手作勢又要給我一巴掌，見狀我反射性閉上眼，沒有閃躲，然而幾秒鐘過去，疼痛卻遲遲沒有落在我的臉頰上。

「適可而止，好嗎？」我聽到一道熟悉的冷漠嗓音。

我睜開眼，看見韓遠抓住余亞琳揚在半空的手。

「你又是——」余亞琳不爽地說，但未完的話語在看到韓遠之後就吞回肚子。

「余亞琳，妳再繼續這樣下去，我會請我爸和安導把妳換掉，別以爲妳爸是贊助商，這就是不可能的事。」韓遠瞇起眼睛，威脅道。

聞言，余亞琳睜大雙眼，一個字都說不出來。

「走、走著瞧！」最後，她用力甩開韓遠的手，扔下這句話之後就跑走。

巷子內恢復了原本的寂靜，韓遠眼中的情緒也重歸平靜，而我一想到昨天吼他的事情，就羞愧到不敢直視他的眼睛。

「妳……」

韓遠正要開口，我便搶先說：「我知道！對不起，我昨天不應該那樣吼你的。你說得對，是我把事情想得太簡單了，所以今天是我活該。」

我咬著下唇，做好了接受訓話的準備，卻久久等不到他開口。

抬起頭，只見他的黑眸中多了一絲柔和，表情有些無奈，「妳還好吧？」

「啊？」我發出納悶的聲音。

「妳的臉。」他指向我之前在片場被打巴掌的位置，「余亞琳剛才還有對妳做什麼嗎？」

「喔，已經沒事了。」我搖頭。

我以爲韓遠肯定會爲昨天的事臭罵我一頓，因此他此刻的關心令我很是受寵若驚。

「我眞沒遇過像妳這麼天眞的人。」韓遠輕嘆了口氣，眉宇間帶著無奈，「妳眞的以爲我愛管妳要幹麼？妳到底把我想得有多閒？」

他的口氣軟下，擔心的情緒比昨天明顯許多，「圈內的人都知道余亞琳的風評不好，她仗著她爸是大公司的老闆，對每個人——不論是前輩、後輩，只要她看不順眼，就會想盡辦法整那個人。妳再怎麼說也是我介紹進來的，我可不想妳因爲這樣出了什麼事。」

「對不起……」我露出懺悔的表情，「我昨天應該聽你把話說完的。」

現在回想起來，我昨天眞的不知道是哪根筋不對。

韓遠從頭到尾都在幫我，也不欠我什麼，我憑什麼對他大呼小叫？就算他眞的跟汪予葳交往，那又怎樣？我有什麼立場不開心？

「算了。」他搖頭，「我昨天的口氣也不太好。」

「不過，你怎麼會知道我和余亞琳在這裡？」

「我正要回家，看到她把妳拉進巷子裡。」

「喔……」我點頭，「謝謝你。」

他瞅著我，眉頭再次皺了起來，「妳怎麼穿得這麼少？」

「出門的時候，沒有想到天氣會變得這麼冷。」我摸了摸冰涼的頭髮，忽然一陣冷風吹來，我反射性環抱住自己取暖。

見狀，韓遠無奈搖頭，將手中的灰色外套扔給我，「穿上。」

「什麼？」我接住他的外套，一股淡淡的男性香水味撲鼻而來。

「別感冒了。」他轉過身，我看不見他此刻的表情，「我今天開車來的，我送妳回家，等一下可能會下大雨。」

他淡淡地說，邁開步伐走出巷子，我花了幾秒鐘才反應過來，連忙加快腳步跟上。

穿上他的外套，我感覺到一股暖流在我身上蔓延開來，嘴角不自覺微微上揚。

第五章

結果，我真的生病了。

或許是在片場吹了太久的冷風，隔天早上醒來時，我感覺喉嚨痛得要命，全身發熱，原本想著休息一下應該就會好轉，沒想到病情反而更加嚴重。

我頭昏腦脹，不停冒冷汗，身體軟趴趴的，一點力氣也沒有。

本來我打算去醫院看病、拿點藥吃，但怎麼樣也找不到我的錢包，經過半個小時的翻箱倒櫃後，我決定放棄，無力地躺回床上。

我閉上眼睛想要休息，可是頭卻異常沉重，彷彿被巨石壓著一樣，再加上我中午吃的東西全被我吐了出來，胃裡空空蕩蕩的，頭痛和飢餓的組合讓我非常不舒服。

迷糊中，我聽見放在床頭櫃的手機不停震動著。拿起來一看，來電名稱顯示是韓遠。

「喂……」我按下接聽鍵，有些虛弱地說。

「妳的錢包忘在我車上了。」

韓遠的聲音從電話的另一端傳來，背景夾雜著輕快的音樂旋律，回音有點大聲，似乎是開著擴音，我猜他可能正在開車。

我懊惱地閉上眼，並嘆了一口氣，「難怪我找不到……」

大概是我昨天下車的時候不小心掉了。

「妳怎麼了?」韓遠的聲音裡多了些擔心，我可以想像得出此時他擰起眉頭講話的模樣，「怎麼聽起來要死不活的?」

「我感冒了。」我咳了幾聲，「很不舒服。」

他沉默片刻，「妳家住哪?」

「什麼?」我腦袋昏昏沉沉的，無法思考他問這個要做什麼。

「地址。」他說，「我要還妳錢包，它在我車裡很占空間。」

聞言，我只好把地址緩緩念給他聽。

「等我，十五分鐘後會到。」

掛斷電話後，我將手機扔到枕頭旁邊，闔上眼睛繼續休息。不料才躺幾分鐘，一陣噁心感就從我的胃湧上食道，我連忙跑到廁所，將胃裡所剩不多的東西全部吐了出來。

吐完後，我洗了把臉，打量起鏡中的自己。

臉色蒼白、嘴唇乾澀，整個人一點精神也沒有，看上去真的非常糟糕。

我用手撐在洗手台上，雙腳沒有絲毫力氣，感覺似乎只要我一離開這個支撐點就會倒下。

不知道過了多久，我聽見門鈴聲響起，叮咚聲在我耳邊迴盪了許久才終於停下。我踏著沉重的步伐朝大門走去，打開門，映入眼簾的是韓遠眉頭深鎖的擔憂的神情。

一看到我，他的表情明顯一愣，我的情況好像比他想像的還糟。

「妳的錢包。」他將手中的黑色錢包遞給我。

我伸手接過錢包，過程中不小心碰到他的手。

我身體的高溫和他冰冷的手形成了強烈對比，我感覺到他明顯愣了一下，下一秒他就拉住我的手腕，冰涼的大掌貼上我的額頭，「天啊，妳到底燒到幾度了？」

「我不知道……」我搖頭，然後眨了眨眼。

我眼前的視線變得有些模糊，四周的景物彷彿都在旋轉，韓遠俊美的臉蛋也逐漸變得不太清楚，像是相機鏡頭的焦距沒有調好一樣。

「孫永斐？」

我看見他的嘴巴一張一合，卻覺得聲音好似來自遠方。

接著，我眼前閃過一片黑，身體完全失去力氣。

「她到底怎麼了？」

「看起來是感冒，也有可能是感染最近的流行病毒，情況滿嚴重的，燒到快四十度。我已經幫她打了點滴，等她醒來，我們才能做更詳細的檢查。」

昏迷中，我聽見韓遠好聽的嗓音，夾雜著背景吵雜忙碌的聲音。

他似乎是在跟別人講話，語氣聽起來還頗爲焦急，這不禁讓我有些驚訝。

韓遠，你很擔心我嗎？

我想要睜眼一探究竟，但我連這點力氣都沒有。

忽然，對話聲停止了，一隻厚實的手輕輕撫摸著我的髮絲，動作是那麼溫柔和小心翼翼，彷彿我很脆弱不堪。

「孫永萋，妳可以再笨一點沒關係。」

我聽見韓遠輕聲道，並從我身邊抽離。我想要伸手拉住他，一陣睡意卻猛地朝我襲來，很快地，四周又陷入一片寧靜。

我進入夢鄉，來到幾年前的熟悉場景。

我記得那是升上高中前的暑假，好像也是從那個時候開始，何岳和何阿姨吵架的頻率逐漸增加，我晚上經常可以聽到從隔壁房子傳來的爭吵聲，這也讓我想起爸媽離婚前家裡的相處模式。

「何岳，你跟你媽到底發生什麼事了？」

暑假的某天，我和何岳在外面吃冰時，我終於忍不住問他。

剛開始，我以爲他們吵架是因爲何岳選擇就讀離家近的高中，而不是像何阿姨所希望的去讀較遠的第一志願，但經過幾次偷聽後，我發現事情似乎並非如此。

「你如果硬要去找他，我就跟你斷絕關係！」

「妳就這麼在意過去的事情？妳難道不認爲我有知道眞相的權利嗎！」

「我喜歡音樂，這哪裡錯了？」

「對妳來說，我的感受一點都不重要嗎？」

有時候我甚至會想，何岳家裡是不是有第三個人存在？因為我所認識的何岳，一直以來都是那樣溫柔體貼，根本不可能用這種口氣跟何阿姨講話。

只不過光靠這些零碎的句子，我根本沒辦法拼湊出一個完整的故事。

聽見我的問題，何岳的表情瞬間僵住，右眼角抽動了一下。

我抿了抿唇，小心翼翼道：「何岳，你什麼事都可以跟我說，你知道吧？」

「我知道。」他放下手中的湯匙，輕嘆了一口氣，「我有一個想要追求的夢想，但我媽不支持。」

我眨了眨眼，「什麼夢想？」

當老師？當醫生？當律師？說眞的，何岳這麼優秀，未來要做什麼都可以。

「我想……」他頓了頓，「當一個歌手。」

「什麼？」我差點把嘴巴裡的粉圓噴出來，瞪大雙眼，「你在開玩笑嗎？」

「沒有，我是認眞的。」他直直地看著我，神情鄭重，「我喜歡音樂、喜歡鋼琴、喜歡唱歌。我想要寫出一首大街小巷都會播的動人曲子，這樣那個人才可以注意到我……」

最後一句他說得特別小聲，小聲到我幾乎聽不見。

「你最後那句話是什麼？我好像沒聽清楚。」

「沒什麼，不重要。」他笑了笑，而我也沒有多問。

如果可以回到那時候，我會問何岳：你口中的那個人，是誰？

我緩緩睜開眼睛，眼前陌生的白色天花板讓我呆了幾秒。

我在哪裡？

我起身，環顧了一下四周。

我在一間舒適的單人病房裡。這時我才想起生病的事情，不過昨天的不適感都已經消失，現在我整個人輕鬆舒服許多。

我想要伸手抹去額上殘留的冷汗，卻發現我的手被人緊緊握住，望著那人趴在病床旁睡著的側臉，我不禁愣住了。

「……何岳？」我下意識喊出他的名字。

何岳的身體猛地一顫，下一秒立刻坐起身。

一看到我醒了，他先是驚訝，接著手貼上我的額頭，擔心地問：「妳感覺還好嗎？還在發燒嗎？」

「我沒事……」我依舊不太敢相信他居然出現在這裡。這個時候他不是應該在拍戲嗎？「你怎麼會在這裡？」

「韓遠打電話給我。」何岳說：「他說妳昏倒了，叫我過來照顧妳。」

韓遠？

我忽然想起那個溫柔的觸感，難道那不是錯覺？

隨後瞥見放在床頭櫃上的黑色皮夾，看來昨天的事不是我幻想出來的，我是眞的在韓遠面前昏倒，然後被他送到醫院。

「他打給你，你就來了？」何岳明明這麼忙，還特地趕來照顧我，這令我有些受寵若驚。

「妳都昏倒了，我怎麼能放妳一個人不管。」何岳的表情盡是自責，「對不起，那天在片場我不該因爲Jason說余亞琳惹不起就沒出面阻止，這樣的話妳也不會生病。」

「這不是你的錯，是我自己衣服穿得不夠多，而且搞不好是我在別的地方被感染或是吃到不乾淨的東西。」我搖頭，不願他怪罪自己。

何岳望著我，不知爲何，神情有些複雜。

沉默了一會兒，他才緩緩開口：「妳還記得我剛搬回台灣、小學三年級的時候，我們班上有一個很胖的男生曾經欺負過我嗎？他說我講話怪腔怪調，還罵我是笨蛋，說他不想跟笨蛋玩。」

我點頭。小胖嘛，我怎麼可能忘記。

「當時他在校門口不停拿沙子丟我，然後妳突然衝出來用雨傘打了他的屁股。」講到這，何岳忍不住輕笑一聲，我也跟著笑了出來。

如今想起那畫面，眞的滿滑稽的。

「妳知道嗎？那時妳跳出來保護我，我當下心裡眞的覺得妳帥慘了。」他注視著我，從他明亮的瞳孔裡，我看見了自己，「也是從那個時候開始，我決定讓自己變得更強。所以妳不用再保護我，而是我保護妳。」

我愣愣地瞅著何岳，忘了眨眼。

時間彷彿暫停了，世界上只剩下我和何岳。

「就算現在我沒辦法一直待在妳身邊，但我最不想看到的就是妳受傷，因爲妳是我很在乎的人，這點沒有變，也永遠不會變。」何岳認眞地凝視我，「所以妳可以多照顧自己一點嗎？」

他無奈一笑，握著我的手始終沒有放開。

「永斐，我會一直陪著妳的。我保證。」

彷彿又回到了我們剛認識的那個時候。

那瞬間，藏在我心裡已久的告白幾乎就要脫口而出。

如果可以，我希望他永遠都不要鬆開我的手。

接下來的幾天我都待在家裡休養，等身體康復。

同時，這幾天我也想了很多，腦中不停重播著何岳那天在醫院說的話、注視我的眼神，以及緊握著我的手的感覺……

好像有那麼一點不同了。

我們不只是青梅竹馬，而是有那麼一點特別的情愫存在。

我好希望，何岳能夠一直像在醫院那時一樣，待在我身邊、爲我擔心、緊緊牽著我不放……

「就算現在我沒辦法一直待在妳身邊，但我最不想看到的就是妳受傷，因爲妳是我很在乎的人，這點沒有變，也永遠不會變。」

我想起自己當時差點就要說出「我喜歡你」的衝動。我發現，我好像再也沒辦法繼續對何岳隱瞞這個祕密了。

回想起高中時期，我眼睜睜看著何岳和汪予葳逐漸走在一起時的心痛，以及後悔自己爲何沒有早一點跟何岳坦白的心情，如果我又繼續保持沉默，一切是否又會重蹈覆轍？

我是否會後悔，爲什麼自己不對愛情坦誠一回？

「那妳是打算一輩子都不告白？」

韓遠當時問我的問題，我現在心裡似乎已經有了答案。

只是，心裡還是有那麼一點不確定……

有太多萬一了。

回到學校後，我即將面臨第二次期中考。

由於之前打工和生病的事，我幾乎沒有放任何心思在學業上，因此第一次期中考之後老師教的東西我完全不懂，就算我把課本讀了好幾遍，也還是毫無頭緒。

於是我只好拉下臉，向我認識的人中最聰明的那個人求救。

「喔？」周凡勳挑眉，像是覺得我的請求很好笑，「妳也會念書？」

「Surprise.」我乾笑幾聲，「聽說你個體經濟學拿了A，可以幫我嗎？我眞的不懂。」

我雙手合十拜託他，周凡勳被我的樣子逗笑，「好啦，可以。」

「眞的？」我驚訝，原本以爲肯定會被拒絕的，畢竟他是一個大忙人。

「嗯。」他點頭，「明天下午三點，學校正門對面的星巴克見。反正我明天本來就會在那裡念書，多妳一個也沒差，妳先將不會的地方寫下來，我會盡力教妳。」

「謝謝學長！」我感激道，感覺前方突然多了一束光，照亮我不堪的在校平均成績。

隔天下課後，我直奔星巴克，周凡勳果然早已坐在那裡念書，桌上擺滿講義和筆記，以及一杯咖啡，看起來是一個很悠閒的讀書環境，比圖書館好多了。

他這學期正在修我爸教的財務經濟學，聽其他學長姊說那是經濟系裡最實用的一門課，但我爸出的考卷很難，班上的平均成績總是不及格，不過周凡勳似乎覺得滿簡單的。

唉，又是一個聰明的人，跟某人一樣。

而且周凡勳不但聰明，還出乎意料地是一個很好的老師。

原先我對個體經濟學一竅不通，考古題幾乎沒有一題會寫，可是經過他的一番講解，我覺得自己把好幾個星期的課程在幾個小時內全部學完了。

「你是不是有在當家教？」我不禁好奇地問，眼裡閃爍著崇拜，「你講的根本比教授教的還清楚，未免也太厲害了吧。」

周凡勳摘下眼鏡，後仰靠在椅背上，悠悠道：「妳記得之前妳來我家，我告訴妳我不想當律師，因爲我有我的夢想嗎？」

「嗯。」我點頭。

「我的夢想是當大學教授。」

「眞的假的？」我驚訝，卻也好像不怎麼驚訝。

周凡勳身上一直有一種文質彬彬的書生氣息，很像老師會有的那種氣質。

「嗯，就像妳爸那樣。」他頓了頓，「孫教授是位我很尊敬的老師，之前修他的總體經濟學的時候，我常去他的研究室找他聊天。而我之所以會在社團博覽會上認出妳，也是因爲他的研究室裡擺滿了妳的照片。」

「喔……」我了然地點點頭。

爸爸的研究室牆上確實掛滿了我的照片，從小時候到現在的相片都有，就連我第一次去他研究室時都有點驚訝。

自從爸媽離婚後，爸爸便搬到台北定居，我則是跟著媽媽留在桃園，也因此我和爸爸見面的次數不多，一直到我考上盛宇大學後，我們的關係才又親近了起來，所以當我知道爸爸始終沒有忘記我時，內心十分感動。

正如何岳所說的，雖然爸爸和媽媽離婚了，但是他們對我的愛並沒有減少。

二即使拆成兩個一，最後加起來的總數仍是一樣的。

「其實……」周凡勳的嘴角勾起一抹笑，「我當初會強拉妳進系學會，就是因爲常看到妳的照片，加上跟老師聊天時，他偶爾會提到妳，於是難免對妳產生好奇，想看看老師疼愛的寶貝女兒會是個什麼樣子的人。」

我想起之前詩芸說過周凡勳想要追我，也許正是出於好奇吧？

「那還眞謝謝我爸，讓我加入這麼美好的大家庭。」我假惺惺道，語氣帶著點諷刺，但仔細想想，其實參加系學會也沒那麼糟糕，至少我認識了周凡勳和詩芸。

甚至間接透過系學會，認識了韓遠。

聞言，周凡勳忍不住笑出聲，「明年我不會強迫妳留下來，不過巧妍大概會接下會長的職位，至於她會不會留妳，我就不曉得了。」

我乾笑兩聲，「我想答案很明顯吧。」

周凡勳聳肩，繼續教我考試範圍的內容，後來他晚上有事先離開，我則繼續待在星巴克念書。

隨著天色逐漸變暗，店裡的客人也愈來愈少，最後只剩下幾個仍在念書的學生。

念書念到一半，我聽見店門打開的聲音，其間夾雜著咳嗽聲。抬頭一看，那走進來的身影令我愣了好幾秒，我下意識喊出那人的名字：「韓遠！」

他望向我，表情有些驚訝，接著反射性地避開我的視線，彷彿在隱藏著什麼。

他這樣的反應讓我有些納悶。難道他不想看到我嗎？

我愣在原地，而韓遠在櫃台點了一杯咖啡後，朝我走來，神情已經恢復他一貫的平靜。

他的表情和周凡動差不多，似乎很訝異我居然也會在意學業。

他拉開我旁邊的椅子坐下，瞥了一眼我桌上的書本和講義，「念書？」

我點頭。

「身體好點了嗎？」他的聲音聽起來有些沙啞，比平時更低沉、更有男人味。

「嗯。」我抿了抿唇，「那天……謝謝你送我去醫院。」

瞅著韓遠好看的臉蛋，我突然覺得有點彆扭，下意識躲開他的目光。也不知道是因為我在他面前昏倒，還是因爲我想起睡夢中那個溫柔的觸感……

應該是我的錯覺吧，韓遠怎麼可能會在意我。

「不用謝，我不會對任何在我面前昏倒的人見死不救。」他淡淡地說。

「不過……是你打電話給何岳的？」我問：「爲什麼？」

「幫妳製造機會。妳都爲了他昏倒了，還不好好利用？」他喝了一口咖啡，「怎麼樣？有進展嗎？希望妳沒辜負我的用心。」

「呃……」我頓了頓，算有進展嗎？

「喔？」注意到我的遲疑，韓遠挑眉，「有進展了？看來妳終於開竅了。」

「也不算有進展，只是……」我嘆了口氣，「我覺得，我好像沒有辦法再對何岳隱瞞我的心情了。」

「那就告白吧。」他一臉理所當然。

「萬一被拒絕怎麼辦？」我摀著臉，「我不知道何岳到底喜不喜歡我，即使有時候我會覺得我們好像不只是青梅竹馬，但我分辨不出那是不是我自己幻想出來的。認識了這麼多年，如果要在一起，早該在一起了吧？」

「他喜歡妳。」韓遠的語氣肯定，沒有一絲猶豫。

我愣怔了幾秒，問：「你怎麼知道？」

韓遠跟何岳不過是在片場會打聲招呼的關係，他怎麼能說得如此篤定？

韓遠沉默了許久，我看著他，他看著我，背景迴盪著悠揚的音樂聲。

最後，他緩緩開口：「因爲我也是男人，所以我知道。」

期中考考完後，我整個人放鬆許多。

自從生病以後，我就再也沒去過片場。雖然我的個性不是那種喜歡與人計較的類型，可心裡難免還是會有一些疙瘩，再加上微電影的拍攝也進入尾聲，我想我大概是不會再去片場了。

不過，儘管我只是個工讀生，在片場打工的這段期間，我依然認識了許多朋友，像是Annie姊、安導、溫妮姊……總覺得連一聲再見都沒說，似乎也有點說不過去。

「期中考的成績差不多週末就會出來了。」教授放下粉筆，對班上同學道：「目前看來大家考得都還不錯，我想平均大概會落在八十分左右。」

聞言，台下發出一片歡呼聲，因爲上次的期中考平均只有五十分，大家都很害怕會被當掉，畢竟這堂是必修課。

教授一說完，下課的鐘聲也跟著響起。我將筆記本收進書包，正準備離開教室時，手機卻突然開始瘋狂震動，拿起來一看，有好幾則分別來自宣寧、Annie姊和何岳的訊息。

我覺得很奇怪，但還來不及打開查看，便瞧見詩芸朝我走來，「永娸！」

「嗨！」我揮手，放下手機。

「好久沒看到妳了，楊巧妍昨天又在會議上碎念妳一直缺席的事。」詩芸說：「妳最近都在忙什麼啊？」

「呃……」我笑了笑，選擇含糊帶過，「就……一些私事。」

「這樣啊。」詩芸也沒有要多問的意思，然後像是忽然想到什麼似地問：「對了，妳有看過最近那個很紅的影片嗎？」

「什麼影片？」

聽我這麼問，詩芸連忙取出她的手機，點開一個影片，「這是我朋友剛才傳給我的。」

我接過手機，影片中的熟悉場景讓我愣了一下。

這不是微電影的拍攝場景嗎？

「眞的是人不可貌相耶。」詩芸感嘆道：「余亞琳最近超紅的，沒想到原來她私底下是這樣的人，長得那麼正，心機居然這麼重。」

我目不轉睛地盯著螢幕，影片的內容正是余亞琳那天在片場故意NG甩我巴掌的事，畫面是從我背後的角度拍攝的，所以並沒有出現我的正臉，卻將余亞琳心機的表情拍得一清二楚。

「聽說這個影片曝光後，有很多以前跟余亞琳合作過的藝人和工作人員也出面在網路上指控她，這幾天的娛樂新聞也一直在報導這件事。」詩芸劈里啪啦地說著，我卻震驚到一句話也說不出來。

我再次拿起手機，三兩下點進訊息頁面，果然宣寧、Annie姊和何岳傳來的訊息全是關於影片的事。

宣寧問我，何岳有沒有告訴過我影片中被甩巴掌的女生是誰，而Annie姊和何岳則是擔心我被網友認出，再三強調要我最近小心一點。

我抬頭看向詩芸，「這個影片是從哪裡來的？」

「不知道，某個網站匿名流出來的。」詩芸聳了聳肩，「演藝圈眞恐怖，聽說這個女生好像只是臨時被抓去演個小角色，結果就被打成這樣，我想她應該已經毀容了吧。」

我摸了摸臉頰，其實沒有那麼嚴重啦……

而我還來不及搞清楚事情的來龍去脈，回家後便接到一通來自MEC娛樂的電話，說他們的總裁想要親自向我道歉，希望我能夠找時間去公司一趟。

望著眼前這棟數十層樓高的壯觀建築，以及大樓上的MEC標誌，我不禁有些緊張。

MEC娛樂，台灣最大的藝能娛樂公司，也是何岳所屬的經紀公司。

經過一整晚的思考，我還是想不明白影片究竟是誰拍的，畢竟余亞琳的敵人實在太多了，片場裡大概有百分之九十的工作人員都被她得罪過，就連何岳和Annie姊也說不清楚影片是誰流出去的。

我深呼吸，慢慢走入大樓，大廳內的裝潢跟大樓的外觀一樣美麗，打過蠟的光亮地板、水晶吊燈、富有設計感的擺設，第一眼的印象便讓人覺得很專業、很有質感。

MEC娛樂的總裁叫做程衍，今天過來之前我特別上網找過他的資料，聽說他號稱是娛樂界的老大、發掘新星的伯樂，只要是他捧的藝人幾乎沒有不紅的……雖然我想余亞琳大概馬上就要成爲破壞他行情的人。

我按下電梯的上樓鍵，心裡忽然有點緊張。我沒有告訴何岳我今天要來他的經紀公司，因爲我不想讓他爲我擔心。

在等電梯的途中，一名中年男子走到我身邊。

此時大廳裡突然響起優美的鋼琴聲，這熟悉的旋律讓我有點訝異，我以爲經紀公司一定會播放旗下藝人的歌曲，沒想到這首曲子卻是……

「貝多芬的〈月光〉。」

我看向男子，一時間沒反應過來，「嗯？」

「是我跟公司建議的，要他們多放一些古典音樂，別總是播一些聽得很膩的流行音樂。」他閉上眼，享受著美妙的鋼琴聲，「現在這個時代，大家都太注重後製，遺忘了最原始的音樂，也就是樂器本身所發出來的聲音。」

「嗯。」我點頭表示同意，「我很喜歡〈月光〉，我有一個朋友以前常彈給我聽。」

「喔？」聞言，他忍不住笑道：「看來我們很有緣，這首曲子也是我的最愛。」

然後，他朝我伸出手，眼睛瞇成月彎形，「我是李賞月。」

「我叫孫永斐，很高興認識你。」我回握他的手。

他很高，足足高了我一顆頭，年紀大約在四十至五十歲之間，身上散發出一種文藝氣息，看得出來年輕時肯定風靡過許多女性。

然而不知爲何，明明我們是初次見面，這位大叔卻給我一種熟悉的親切感，好像我認識他多年一樣。

「妳是新來的？」他問：「怎麼以前似乎沒見過妳？」

「我不是。」我搖頭，「我今天只是有事過來一趟而已。」

「這樣啊。」他笑了笑，「難得遇到懂得欣賞古典音樂的孩子，表示這個時代還是有救的。」

我們一起進到電梯裡，而他在我的前一層樓離開，電梯門關上前，他對我淺淺一笑，「希望有機會，我們還能再見面。」

不知道爲什麼，他的笑臉深深地印在我的腦海裡。

「嗯。」我點頭，向他揮手道別。

和程總的會面進行得很順利，沒有我想像中的可怕和複雜。他先是鄭重向我道歉，並解釋余亞琳是一個不成熟的女孩，希望我可以原諒她的行爲。我看得出來他非常在意自己公司旗下藝人的形象，所說的每一句話也都很有誠意，沒有一絲虛假。

「如果可以，希望妳不要向任何人提起妳就是影片中被打的當事人。」

程總坐在辦公桌後，眼睛直直地注視我，讓我絲毫不敢放鬆。

「我們公司已經決定提早和余亞琳解約，所以並不是想偏袒她，只是不希望因爲一個人就壞了公司和電影的名聲。妳在片場打過工，相信妳一定很清楚大家都非常辛苦，他們的努力不應該因爲余亞琳一個人而歸零。」

我點頭，畢竟我從頭到尾就沒有想要捲入這件事情，也不願看到何岳或導演的辛苦化爲烏有。不過，在聽完他的解釋後，有個疑問浮上了我的心頭。

「你知道影片是誰拍的？」

不然他怎麼會知道我就是影片中被甩巴掌的女生？網路上有許多人想要肉搜我，但劇組的人口風很緊，而光靠影片想要辨識我的正臉幾乎是不可能的事。

「抱歉，這我沒辦法告訴妳。」程衍這樣回答，於是我也不再多問。

回家之後，我腦中不斷回想起跟李賞月的相遇。

他身上那股莫名的熟悉感讓我始終無法忘懷，上網搜尋他的名字後，我才發現原來他是一個非常大牌的音樂製作人，現今幾乎所有知名的歌手都與他合作過。

他的特色是喜歡捕捉樂器最原始的音色，因此他製作的音樂很少有後製，也完全沒有特殊音效或是電音。

忽然，我的視線被一篇文章的標題吸引。

李賞月和創作新星何岳——聯手打造微電影主題曲。

李賞月。

李製作。

將兩者連在一起，我腦海浮現出何岳的笑顏，他那笑瞇成月彎形的大眼，居然跟李賞月的笑臉重疊了。

「我媽說，我爸最喜歡的作曲家就是貝多芬，因此如果我想他的話，只要彈奏〈月光〉，在月球的爸爸就能感受到我的思念。」

「我喜歡音樂、喜歡鋼琴、喜歡唱歌。我想要寫出一首大街小巷都會播的動人曲子，這樣那個人才可以注意到我……」

我眼中多了一抹錯愕，身體不禁打了一個冷顫。

不會吧……

李製作，會是何岳的爸爸嗎？

微電影的拍攝就在余亞琳被負面新聞纏身的同時，畫下了句點。

雖然我沒有再去過片場，但是聽Annie姊和何岳說，余亞琳的戲分被安導刪了很多，改換成其他配角的戲分。

余亞琳經過這次的事件，態度明顯收斂許多，不再像以前一樣愛擺架子，不過聽說她跟MEC娛樂提早解約的事已經在圈內傳開了，所以她就算想踐也踐不起來。

仔細一想，儘管我覺得余亞琳是一個很差勁的人，心裡還是不免對她有那麼一絲同情，畢竟經過這次的事情，未來她想在演藝圈立足應該會變得很困難，而追根究柢，這件事和我也有點關係。

我到現在還是不知道究竟是誰將影片外流的，就連何岳也搖頭說劇組裡的所有人都對此毫無頭緒。

我曾經想過，將影片外流的人會不會是韓遠，因爲影片拍攝的角度正好處在導演的位置，而韓遠總是站在安導旁邊。

可是再仔細一想，韓遠身爲BC製作的少爺，怎麼可能會爲了我不惜傷害自家公司的電影，我對韓遠而言，什麼都不是吧？

即使他到目前爲止都一直在幫我，我也不願在自己臉上貼金。

算了，過去的事情就讓它過去吧，我也不想再多想，愈想愈煩。

就當作是有人在默默守護我吧。

何岳在結束微電影的拍攝後，就開始籌備起另一項活動，他的生日演唱會。

十二月二十八日，這天是何岳的二十歲生日。

我還記得第一次和何岳見面時，媽媽要我叫他哥哥，當時我心裡很不滿，不過後來發現他的年紀確實比我大，雖然只比我大上幾天。

而十二月三十日則是我的生日。

由於我們的生日只差了幾天，從小到大，我和何岳總是一起慶生。

以前何阿姨每年都會親手做蛋糕，然後邀請我和媽媽到他們家一起慶祝，只不過這個習慣在何岳跟汪予葳交往之後就停止了。

今年，何岳的經紀公司決定幫他辦一場生日演唱會，讓他可以跟粉絲一起度過生日。

演唱會的門票限量兩百張，開賣不到幾分鐘就被一掃而空。

何岳幫我留了一張票，說希望當天我能去。

自從韓遠跟我說「他喜歡妳」之後，我對自己的決定好像又更堅定了一些，可能是我潛意識認爲韓遠說的話一定是對的，所以信心增加了不少。

我決定在何岳生日那天，向他告白。

「韓遠！」

看見那道從捷運站緩緩走出來的高眺身影，我連忙向他揮手。

自從決定要和何岳告白，我每天滿腦子想的都是應該要怎麼跟何岳說，卻愈想愈心慌，感覺不管怎麼說都很彆扭。

祕密藏得愈久，反而愈難以啓齒。

我腦中幻想過好幾百種何岳可能給出的回覆，但都是不好的結局偏多，每次一想到何岳或許會拒絕我，我就好想要打退堂鼓。

這眞的好煩啊。

如果是高中時期、何岳還沒成爲藝人之前，那我可能不會如此兩難，然而現在的何岳擁有大批粉絲，感覺他會接受我的機率幾乎是零。

可是我眞的沒辦法再繼續隱瞞了……

不過，不管要不要告白，我都一定會去何岳的生日演唱會。

他說當天會請工作人員給我VIP通行證，這樣我就可以在演唱會結束後，去後台找他，所以我不能空著手去。

以前我都是依照自己的喜好挑禮物給何岳，可我希望今年的禮物能比以往更特別，因此決定找個人幫我一起挑，而我所認識的男生裡，好像只有韓遠能夠幫得上這個忙。

「謝謝你願意來。」我用手玩弄著髮絲，有點不好意思，「其實我本來以爲你會拒絕的，畢竟是聖誕夜，你應該會想陪家人或是女朋友……」

「女朋友？」他眉頭微擰，像是不明白我在講什麼。

「你跟汪予葳……」我想起他們之前走在一起時的美好畫面，難道是我多想了嗎？也許他們仍處於曖昧階段，還沒有開始交往。

「她什麼時候變成我女朋友了？」韓遠似乎是覺得好笑，但並沒有多加解釋，只是邁開步伐往前走，「我今天沒事，走吧。」

「嗯。」我點頭，跟上他的腳步，與他並肩同行。

他今天穿了一件黑色厚外套，裡層則是一件白色上衣搭配牛仔褲，脖子上圍著一條黑色圍巾，以應付最近進入冬天的低溫。

他的雙手插在外套口袋裡，低低咳了幾聲，見狀我不禁皺起眉頭。

「你感冒了？」我緊張地問：「該不會是我上次傳染給你的吧？」

「我沒事，只是這幾天有點累而已。」他搖頭，接著轉移話題，「妳有想過要送什麼東西給他嗎？妳過去都送了些什麼？」

「我去年送給他一支手錶，而在那之前，我因爲他跟汪予葳交往，一氣之下就沒送他禮物了，至於國中那時，我送的都很白痴，也想不太起來了。」我雙手合十拜託道：「男生都喜歡什麼？幫幫我。」

韓遠思考片刻，「送實用的吧。」

「像是？」

「圍巾？最近天氣滿冷的，應該用得上。」他建議：「或者送跟音樂相關的東西也可以。其實我覺得心意更重要，禮物什麼的倒是其次。」

我想了想，從以前到現在，我好像很少看到何岳圍圍巾，也許他根本連一條圍巾都沒有，再加上最近寒流來襲，或許圍巾會是個不錯的選項。

於是韓遠便帶我來到一家男裝的專賣店，我們逛了許久，最後我挑了一條咖啡色的圍巾。感覺暖色系的顏色很適合何岳，再加上摸起來的手感非常好，韓遠也頗認同我的眼光。

結帳時，我眼角餘光瞥見旁邊架子上的幾雙手套。回頭瞅了一眼站在門口的韓遠，我趁他不注意時，快速將手套丟進結帳的籃子裡。

買完禮物，我和韓遠決定在附近的一家韓國料理店吃晚餐。

由於今天是聖誕夜，所有的餐廳都大排長龍，我們等了快半個小時才有位子。爲了答謝他，我說這餐我請客，他也欣然接受。

點完餐後，我用手撐著臉，忍不住嘆了口氣。

「禮物都買好了，幹麼嘆氣？」韓遠挑眉。

「我原本想在何岳生日那天跟他告白，但現在我又不確定了。」

「妳怎麼這麼優柔寡斷？」韓遠無奈地說：「剛才點餐也是這樣，選了半天。」

「你肯定沒有和女生告白的經驗，所以你不懂我現在的心情啦。」

韓遠欲言又止，似乎沒有辦法反駁我。

然後很快地，服務生便將餐點端上桌。

我點了一個韓式烤肉飯，韓遠則點了豆腐鍋，熱湯冒出的白煙瀰漫在我們之間，使我看不清楚他的臉。

「我不知道妳是怎麼看妳自己的，不過我想這世界上應該不會有人比妳更喜歡何岳了，妳應該要多有點信心才是。」正當我準備開動時，韓遠突然開口。

這好像是他第一次不拐彎抹角地鼓勵我，一股暖流頓時攀上心頭，我不禁揚起嘴角，低聲道：「謝謝你。」

他沒有回答我，只是安靜吃著食物。

吃完晚餐後，我和韓遠朝捷運站的方向走去，一路上我們兩人都沒有說話，直到經過廣場的大型聖誕樹，我停下腳步，出聲叫住他：「韓遠。」

他回過頭，我則將手中的袋子遞到他面前，並揚起一抹笑，「聖誕快樂。」

見狀，他淡漠的黑眸閃過一絲訝異，似乎完全沒料到我會買禮物給他。

「謝謝你過去這幾個月一直幫我的忙，雖然你有時候講話很直接，甚至有點太直接，但我眞的很高興能夠認識你。」

他伸手接過袋子，打開一看。

「是手套，剛才買圍巾的時候看到的。」我連忙解釋：「你看起來很怕冷，我想你應該會用得到。我買灰色的，因爲感覺你很喜歡黑白色系的東西，應該很好搭，如果你不喜歡的話……」

「我很喜歡。」他望向我，露出一個難得的微笑，「謝謝妳。」

熙來攘往的人潮從我們身邊走過，有那麼幾秒鐘，時間彷彿暫停了。

我只看得到韓遠，韓遠也只看得到我。

「加油，孫永斐。」他輕聲說，嘴角的弧度微微加深，我在他眼中見到了一絲柔和，

「祝妳告白成功。」

然後，他轉身離去。

目送著韓遠逐漸消失在人群中的背影，我心裡突然悶悶的。

「我可以幫妳。」

腦中閃過在學校後山的湖邊，他對我說出這句話時的表情，當時他黑眸中那抹複雜的淡漠，我至今依舊不知道原因。幾個月前的我絕對想不到，我跟韓遠會從車禍的肇事者和受害者，演變成現在這樣的關係。

我發現，我還有好多關於韓遠的事情不知道。

我向何岳告白之後，我和韓遠就這麼結束了嗎？我欠他的修理費，用打工賺的薪水和之前存的錢也還得差不多了。

從今以後，我們還有見面的理由嗎？

我的心裡忽然湧起一股追上前拉住他的衝動，可是我的雙腳像是被鎖鏈綁住似的，怎樣也踏不出去。

我發現，雖然我喜歡何岳，內心深處卻自私地希望，韓遠可以一直待在我身邊……

我不想要他離開我的世界。

就是今天了。

十二月二十八日，何岳的生日。

演唱會預定在七點開始，而我大約六點左右就抵達會場，此時大門口早已排滿大批粉絲，每個人手中都拿著禮物、卡片和海報，興奮地等待演唱會的到來。

差不多六點半的時候，大門開啓了，眾人依序進場。

我將門票交給門口的工作人員，他瞥了一眼我手中的袋子，抬手指向旁邊已經堆滿禮物的桌子，「把禮物放在那裡，我們會幫忙轉交。」

「那個……」我頓了頓，壓低聲音說：「我是孫永斐，何岳說他有幫我留了一張VIP通行證，要我入場的時候跟工作人員拿。」

不知道是不是因爲後面還排了許多人，我心裡突然一陣緊張，一來是怕對話被其他粉絲聽見，二來是怕工作人員沒有接到何岳的指示，貿然開口的我會很尷尬。

「妳就是孫永斐?」工作人員稍微打量了我一下，從口袋拿出一張VIP通行證，「演唱會結束後，到五樓休息室給在場的工作人員看這張識別證，他們會帶妳去何岳的休息室，禮物妳也可以到時候自己轉交給他。」

「謝謝。」我將VIP通行證放進包包，然後開心地走進會場。

太好了，這樣我的禮物就不會和其他粉絲的禮物混在一起了。

踏入會場，只見已經有一半的座位坐滿了，而人潮仍持續進場中。

何岳幫我留的位子在第三排，因爲公司規定前兩排的座位只能賣給購買三張專輯以上的人。我原本有打算要這麼做，何岳卻告訴我他早就幫我留好位子，叫我不要多花錢。

我找到我的位子坐下，望著袋子裡的禮物。

何岳會喜歡嗎？萬一他不喜歡怎麼辦？要是……

「加油，孫永斐。」

正當我要開始胡思亂想時，韓遠好聽的嗓音在我耳邊響起，他的聲音彷彿擁有魔力，讓我紛亂的思緒瞬間平靜下來。

好像每次跟韓遠相處時，我的心情就會平靜下來，也許是因爲他身旁環繞著淡漠的氣息，所以跟他相處的時候也會不自覺被感染。

韓遠的俊顏慢慢在我腦中浮現，我想起那天他對我笑的模樣。

要是他能夠多笑一些，別總是板著一張臉就好了……

「等等，我想他幹麼啊？」意識到自己正處於何岳的演唱會會場，我連忙甩甩頭，將腦中的畫面揮去。

很快地，會場坐滿了，演唱會也即將開始。看著周遭的粉絲露出興奮的表情，我也跟著期待起何岳的出場。

只見會場的燈光忽然暗下，大家開始尖叫和拍手，何岳緩緩地從舞台的右側走出來，聚光燈打在他身上，現場的粉絲瞬間陷入瘋狂。

他今天的打扮很簡單，白色上衣、淺色牛仔褲、黑外套，休閒的穿搭讓人感到格外親近，這很符合今天演唱會的主題，也就是讓粉絲和偶像能夠近距離接觸。

「謝謝今天來到現場的每一位你們。」何岳露出他一貫的溫柔微笑，尖叫聲的分貝一下子飆高，「才出道不久，就能夠有你們願意支持我，我眞的覺得很幸運。」

「生日快樂，何岳！」粉絲們像是有事先排練過，齊聲大喊。

「謝謝你們。」何岳笑得更開心了。

他的視線朝台下投去，似乎是在尋找什麼人，接著我們兩人對上眼，我連忙大力揮手，希望他可以注意到我，而何岳像是看到我似的，嘴角弧度加深並揮了揮手。

我正覺得開心，卻發現我周圍所有粉絲看到這一幕，也全都跟著一起揮手，然後尖叫。見狀，我心裡湧起一股失落。

在何岳眼中，我是否也只是台下數百個粉絲中的一人？在茫茫人海中，他會注意到我嗎？

這畫面不禁讓我想起高中開學那天，何岳上台表演時的場景。

那是我第一次發現，原來何岳這麼適合在聚光燈下發光發熱，而幾年後的他已經習慣了這個舞台，彷彿這本來就是他該屬於的地方。

可是，這裡不是我屬於的地方。

演唱會上，何岳除了表演自己的歌曲外，也翻唱了他喜歡的中、英文歌，還講了許多自己的故事，包括進入演藝圈後遇到的趣事、創作時遇到的瓶頸，還有自己是多麼幸運能得到大家的支持。

台下的粉絲們都聽得入迷，隨著何岳的話語，見證他曾經走過的道路，我卻不時恍神。

演唱會很快便進入尾聲。

結束後，我依照指示來到五樓，果然見到一群工作人員圍在一起說笑，好似在慶祝演唱會圓滿落幕，再仔細一瞧，其中一人還是我認識的熟悉面孔。

「永妻！」我還沒出聲喊他，那人就先注意到我，抬腳朝我走來。

「Jason哥。」我禮貌地笑了笑，「辛苦你了，爲了演唱會和微電影的事情，這段時間你一定忙翻了。」

「不不不，辛苦的是何岳，我只是當公關而已。」Jason笑著擺手，關心地問：「妳身體還好吧？之前何岳說妳生病了，後來妳也沒再來片場，其實我內心一直對妳感到滿愧疚的。」

「我很好。」我低頭，「老實說，那件事情我一直覺得很不好意思，我……」

畢竟因爲余亞琳的影片事件，微電影在拍攝期間就爆出負面新聞，身爲何岳的經紀人，Jason肯定很苦惱。

「沒事，我們都知道那件事的問題不在妳身上。」Jason阻止我說下去，笑道：「微電影也不只是余亞琳一個人的作品，何岳、安導，還有其他演員都很努力，觀眾不會不知道的，妳不用擔心。」

「那就好。」我放心一笑。

「何岳在休息室，我帶妳去吧。」Jason淺笑，帶領我來到走廊末端的休息室。打開門，只見何岳正閉著眼躺在沙發上，像是睡著了。

我本來不想打擾他，Jason卻絲毫沒有猶豫地大聲說：「何岳，永妻來了！」聞言，何岳猛然睜開眼，從沙發上站起身。

他的眼神看起來有些疲憊，但一見到我，他立刻揚起一抹笑，大步朝我走來，「抱歉，我有點累，一不小心就睡著了。」

「生日快樂，何岳。」我淺笑著將手中的禮物交給他，「這是送你的，希望你會喜歡。」

何岳眼中閃過一抹小小的驚訝，伸手接過袋子。

「你們慢慢聊吧，我去處理一下場地清理的事。」Jason說完便離開房間。

何岳打開我送給他的袋子，拿出圍巾，我一開始還有些緊張，怕他不喜歡，可他只是注視著我，眸中盡是溫柔，「我很喜歡，謝謝妳。」

「你喜歡就好。」我鬆了一口氣。

「我也有禮物要送妳。」語畢，他從旁邊的背包拿出一個包裝精緻的盒子，輕輕放入我手中，「生日快樂。」

我打開盒子，映入眼簾的是一條漂亮的銀製項鍊，項墜是太陽的圖案。

「好漂亮……」我微微睜大眼，接著皺起眉頭，「這感覺很貴，你不用送我這麼好的東西。」

然而何岳只是摸了摸我的頭，輕聲道：「不會很貴，而且我現在有在賺錢，妳不用擔心。我三十號當天有工作，沒辦法幫妳慶生，所以我想送妳好一點的禮物。」

「謝謝你，何岳。」我將項鍊收進包包，「我會戴上的。」

瞥見何岳凝視我的溫柔眼神，我忽然心跳加速。

或許是因爲腦中閃過告白的事情，我突然對周遭的事物敏感度倍增，不論是空調的噪音、何岳的呼吸聲，還有他看著我的柔和目光，我都能清楚感受到，手心不禁開始冒汗。

我們之間的氛圍似乎有點不一樣了……

現在這裡只有我們兩個人，好像沒有任何事物能阻擋在我面前。

我唯一需要的，只是勇氣。

「啊，我都忘了，恭喜你演唱會很成功！」我猛然想起自己連最基本的祝賀都沒說，連忙豎起大拇指，「你唱的每一首都超好聽的，我都忍不住跟著旁邊的人一起尖叫了。」

「謝謝。」何岳有些忍俊不住，「今天看到台下滿滿的粉絲，我覺得我離夢想又更近一步了。」

「至今我還記得，你第一次跟我提起你的夢想時，我以爲你在跟我開玩笑。」我打趣道：「現在你的歌眞的傳遍大街小巷了，你應該很開心吧？」

「很開心，可是我還要再更努力。」他淺笑，眸中卻多了一抹複雜。

「你已經很努力了，不要給自己太大的壓力。」

我一直都知道何岳對自己的要求很高，不過我也不希望他因此而把自己累壞。

「在追求夢想的路上，我放棄了很多東西，很多……對我而言是不可或缺、可能比我的夢想更重要的東西。」他深深地望著我，我不禁一怔。

他的眼神彷彿是在說，我就是他所說的那個人。

可是何岳，你沒有放棄我啊，對吧？

「但既然我已經選擇了夢想，那我就必須加倍努力，一定要取得成功，不然我會一輩子沒辦法原諒我自己的。」

聞言，何岳愣住了。

「何岳……」我抿了抿唇，「我知道你從小就很喜歡音樂，但是……你非要進演藝圈的原因是什麼？我沒那麼遲鈍，我知道你有一些事沒有告訴我。」

沉默了良久，他才緩緩開口，眉宇間多了一絲歉意，「對不起，這個祕密……我還沒做好要告訴其他人的準備，因爲就連我也還在摸索當中。再給我一些時間，我會跟妳說的，我保證。妳對我來說很重要，我絕對不是刻意要隱瞞妳。」

是因爲李製作是你的爸爸嗎？

你是爲了見他，才不顧何阿姨的反對，執意要進演藝圈？

我看著何岳，卻無法將這些問題問出口。

「何岳，其實我也有一個祕密，我從來沒有對你說過……」我也不知道是怎樣，心裡的話就這麼脫口而出，連我自己都嚇到了。

何岳微微睜大雙眼，我不敢直視他，同時也明白我已經沒有辦法喊停了。

加油，孫永妻！

於是我閉上眼，鼓起我這輩子最大的勇氣，打算一鼓作氣將自己對何岳多年的喜歡一次說出來。

「何岳，其實我一直都很喜——」

「別說。」

然而，我話還沒說完就被他打斷，我睜開眼，何岳錯愕的表情映入我的眼簾。

我愣住了，完全搞不清楚現狀，雙手卻不由自主地抖了起來。

「別說，永妻。」他的眼神中夾雜著好多情緒，複雜到讓我看不清，「有些話，一說出口就收不回來了。」

什麼意思？

「我說過，妳對我來說是很重要的人，我不想要失去妳，也不想要看到妳受傷。」我望著何岳，明明他就在我面前，但我突然覺得他離我好遠，彷彿我們從來就不是同一個世界的人。

「所以，別告訴我妳的祕密，就讓我們維持現狀，好嗎？」

那瞬間，我聽見自己心碎的聲音。

第六章

舞台上的DJ播放著震耳欲聾的音樂，五光十色的燈光效果照亮舞池，無數男女貼著對方，跟著音樂的節奏熱情擺動，大家都沉醉於狂歡的氣氛中。

「敬成功的一學期！希望下學期大家也都能夠繼續努力！」周凡動道，眾人紛紛舉起酒杯歡呼，然後一飲而盡。

我跟著大家喝乾杯裡的酒，接著默默拿起桌上的伏特加，將酒杯裝滿。

「今天我買單，大家盡量喝，不夠就點，別客氣！」連續乾了好幾杯酒，雖然周凡動的酒量很好，看起來也有點醉了。

「謝謝周少！」大夥開玩笑地說，並拍手歡呼。

爲了慶祝系學會的工作告一個段落，周凡動特地訂了一間夜店包廂，邀大家一起去開party，消息一傳出去，許多系上的人也跑來參一腳，包廂的裡外都擠滿了人。

我將杯中的酒一口氣喝完，嗆辣的口感令我忍不住蹙眉，酒精灼燒著我的喉嚨，噁心反胃的感覺在我的胃裡慢慢積聚，我卻無法停下喝酒的動作。

我想要把自己灌醉。

很醉，最好醉到讓我可以忘掉所有的事情。

「別說。」

「我說過，妳對我來說是很重要的人，我不想要失去妳，也不想要看到妳受傷。所以，別告訴我妳的祕密，就讓我們維持現狀，好嗎？」

為什麼明明何岳講出這些話的語氣是那樣溫柔，我卻覺得彷彿有人拿著利刃，在我的心頭上狠狠劃下一刀？而那血，到現在還在流。

「天啊，我才去一下廁所，妳怎麼就變成這個樣子了！」在昏暗的燈光下，我看見宣寧擔心的臉孔。

由於她之前不停向我打聽周凡動的事情，我便邀她今天一起來夜店玩，只不過我大概是真的喝多了，差點忘了她的存在。

「妳幹麼把自己喝成這個樣子？」她碎碎念，但音樂聲大到我聽不清楚她在講什麼。她倒了一杯柳橙汁給我喝，要我清醒一點。

「宣寧，我失戀了。」我開始胡言亂語，何岳那天說的話又在我腦中重播，八成是酒精作祟的關係，我感到一陣鼻酸，眼淚忍不住掉了下來。

「失戀？妳什麼時候交男朋友的？」見狀，宣寧手忙腳亂地拍著我的背，似乎搞不清楚我在說些什麼。

「我沒有交男朋友，我被拒絕了。」

「拒絕？誰？哪個混蛋？我幫妳揍他！」宣寧先是憤怒地說要幫我討公道，接著睜大眼，「妳……該不會跟何岳告白了吧？」

這回換我呆住了。

「……妳怎麼會知道？」我從來沒有跟宣寧說過我喜歡何岳啊。

「妳眞的以爲我是白痴啊？我們認識那麼久，妳又那麼好懂，明明愛得要死卻又嘴硬說不喜歡他，我乾脆假裝不知道，順妳的意。」宣寧大嘆了一口氣，「永婓，高中那時就算了，可是現在何岳進了演藝圈，他愛不得啊。」

所以這麼多年來，宣寧是假裝不知道？

何岳也是嗎？

他叫我別告訴他我的祕密，代表他早就知道我想要說什麼，所以這些年來，他看著我爲他心動、爲他難過，卻一個字也不說、什麼都不做？

那我不是很蠢嗎？大家都在看我的笑話嗎？

「妳這個人就是視線太狹窄了，何岳到底有哪一點値得妳這樣對他死心塌地的？妳身邊有這麼多好的人選，如果我是妳，我早就撲上你們會長了，但妳偏偏要喜歡一個不可能會有結果的人，何苦呢？」宣寧講話一向直接，卻正好戳中我的痛處。

是啊，爲什麼我要對何岳這樣死心塌地？

我不知道。

我只知道我喜歡他太久，喜歡到這已經成爲我生活中不可或缺的一部分，我不能沒有他。可是我和何岳，根本從來就不可能有結果。

爲什麼？

就連汪予葳都享受過何岳的柔情，爲什麼我不行？就因爲我們是青梅竹馬，我就不能貪圖超出朋友的溫柔嗎？

不公平，這一點都不公平！

「永斐，我沒辦法幫妳跟何岳湊成一對，但我可以陪妳喝，今天我們喝到醉，把何岳這個爛人徹底忘掉！」宣寧幫我們兩個各自倒了一杯伏特加，「總有一天，妳會找到眞正愛妳、適合妳的人，相信我！」

她和我乾杯，然而我還是一點鬥志也沒有。

「我去一下廁所。」我起身，步伐有些不穩。

「我陪妳去吧。」宣寧一臉擔心地想拉住我，但被我拒絕了。

「我想一個人靜一靜……」我擠出一抹笑，「我沒事，剛才的柳橙汁讓我清醒很多，有事的話我會打電話給妳。」

來到化妝間，裡外擠滿了醉醺醺的女生，我穿過她們進到廁所裡，做的第一件事就是掀開馬桶蓋，把胃裡所有的東西全吐了出來。

吐完之後，我感覺整個人舒服許多。

出了廁所，我在鏡前打理了一下自己的儀容，並暗自慶幸我的妝沒有花掉，至少在夜店昏暗的燈光下，我的模樣還是能見人的。

走出化妝間，我朝酒吧的方向走去。

「一杯長島冰茶，謝謝。」我對酒保說，斜靠在吧台上，手撐著依舊有點微暈的頭。

「一個人？」我身邊忽然傳來一道男聲，轉頭一看，一名看起來與我年齡相仿的男生正一臉笑眯眯地瞅著我。

「嗯。」我點頭。

「我叫Justin，最近放寒假，剛從美國回來。」他說，酒保也在這時將我的調酒放到我面前，而我還來不及拿出錢包，他便很闊氣地掏出他的信用卡，「她的跟我的一起付。」

「謝謝……」我說，卻又覺得不太妥當，「我給你錢吧，這樣無緣無故被你請，我有點不好意思。」

「不用客氣，能請美女喝酒是我的榮幸。」他笑了笑，抬手指向前方，「今天我朋友生日，我們在那邊有訂包廂，妳要不要過來玩？」

他這是在跟我搭訕嗎？

如果是平時的我一定會拒絕，可是我都失戀了，今天本來就是來自暴自棄的，又何必想太多？再加上他看上去也不是什麼奇怪的人，帥帥的又充滿洋味，應該不會怎樣。

「好啊。」我點頭，男生的手立刻搭上我的肩膀，我頓時僵住身體。

正當我打算撥開他的手時，身後響起了一道熟悉的嗓音。

「Justin，Emily好像……」

我回過頭，映入眼簾的俊秀臉蛋令我不禁瞪大眼，韓遠也同樣愣住了，似乎沒想到會在這裡見到我，接著他的視線停留在男生搭在我肩上的手，表情瞬間冷淡了下來。

「嘿，韓遠。」男生笑了下，他們兩人似乎認識，「我正要回去，這是我剛認識的新朋友，她叫……」

「孫永斐。」韓遠叫出我的名字，夜店的音樂明明大聲到我的耳膜都快被震破，他的聲音卻還是那麼清楚，「妳在這裡做什麼？」

「你們兩個認識？」男生的臉上多了一抹驚訝。

「Justin，你妹醉了，剛才吐了一地，大家都在找你，讓你趕快帶她回家。」韓遠冷靜地說。

「Fuck，眞的假的。」男生收回放在我肩上的手，抱歉一笑，「Sorry，我必須去照顧我妹，不過希望以後有機會，我們可以約出來一起玩。」

然後，他快速消失在人海中。

我有些膽怯地望著韓遠，但還來不及解釋，他就一把握住我的手腕，將我拉出夜店，並把我安置在夜店外面的長椅上。

「妳到底在幹什麼？」韓遠劈頭就罵，「妳……」

然而他話還沒講完，我的眼淚就不受控制地滑落。

韓遠不禁愣住了，原本即將爆發的怒火瞬間被澆熄，他反而變得有些不知所措。

「孫永斐……」他皺起眉頭，輕喚我的名字，我卻愈哭愈傷心，眼淚如同斷了線的珍珠，一顆接著一顆掉落，怎麼樣也止不住。

我沒意識到現在這個畫面有多麼像男女朋友吵架，也沒注意到周遭的人紛紛朝我們看來，對韓遠投以不認同的眼神。見狀，韓遠雖然感到尷尬，卻也不知道該怎麼辦，最後他默默坐到我旁邊的空位，輕輕將我攬向他。

面對韓遠溫柔的舉動，我反倒哭得更厲害了，頭靠著他的肩膀，眼淚浸濕了他身上昂貴的襯衫，但他仍一聲不吭，就這麼任由我哭下去。

不知道過了多久，我終於哭累了。我離開他的肩膀，抹去臉上的淚水，擤了擤鼻子。

「哭完了？」他問。

「你這樣問我，我又會想要哭的。」話才剛說完，我就感覺到一陣鼻酸。

「現在所有人都以爲我不是劈腿的負心漢，就是甩了妳的爛人，妳到底還要陷害我多久？」韓遠的語氣有點無奈，我環顧了一下四周，果然大家都在看著我們。

「對不起……」

「妳到底怎麼了？」他眼中沒有責怪，而是寫滿了擔心，「妳幹麼沒事喝成那樣，還跟不認識的男生搞曖昧，不是都已經告白……」

講到「告白」這兩個字，他忽然止住，像是終於明白發生了什麼事。

「我被拒絕了。」我咬著下唇，努力不讓眼淚滑落。

韓遠的黑眸中閃過一絲錯愕，似乎沒料到會是這個結果，即使他很快就恢復他一貫的冷靜，卻久久說不出話來。

最後，他輕輕嘆了口氣，「對不起。」

「你幹麼道歉？」我皺起眉頭，「我被拒絕又不是你的錯，何岳喜不喜歡我，又不是你能控制的。」

「我以爲他是喜歡妳的。」他淡淡地說：「所以我才鼓勵妳跟他告白，因爲我眞心覺得妳很有機會，如果我知道他對妳不是那種感覺，我一開始就不會說要幫妳的忙。」

「你到底爲什麼要幫我的忙？」

我發現，我已經分不清楚事實是什麼了。

就像我以爲宣寧不知道我喜歡何岳，但其實她是爲了不讓我難堪，才假裝不知道。

就像我以爲何岳不知道我喜歡他，但他好像早就知道了，只是不知該如何拒絕我。

我一個人笨拙地演著戲，還以爲自己演得很好，卻沒想到在別人眼中的我是這麼可笑。

韓遠呢？

他也在看我的笑話嗎？雖然他嘴巴上是這樣說，可是我怎麼知道他說的是不是實話，我還能夠相信誰？我對韓遠的認識又有多少？

我們的關係建立在一場失誤上，我實在找不出任何他需要幫助我的理由。

然而，韓遠卻沒有回答。

他的沉默彷彿印證了我心中的疑慮，一股莫名的怒火湧上心頭。我的腦袋已經完全被負面情緒占領，我感覺全世界都在與我作對，不論什麼事情我都朝最壞的方向去想。

「我……」他正要開口解釋，口袋卻傳來手機的震動聲。

他瞄了一眼來電顯示的名字，嘆了口氣，然後接起，「喂，我要回家了，幫我跟

Kevin說一聲生日快樂。」

生日快樂。

我拿出手機一看，現在已經是凌晨一點了。

十二月三十日，今天是我的二十歲生日。

感覺……糟透了。

韓遠結束通話後，我從長椅上站起身，「我要回家了。」

不管他幫助我的原因是什麼，我突然不想聽了，只想要逃避現實。

韓遠連忙跟著起身，拉住我的手腕，「妳醉了，而且現在是半夜，妳一個人回家太危險了，還是我送妳吧。」

「不用，我很清醒。」我撥開他的手，翻了翻皮包，但怎樣也找不到租屋處的鑰匙，明明出門前我還確定有鎖門的，難道是掉在夜店了？

媽的，眞的全世界都在跟我作對。我閉上眼睛深呼吸，不斷在心裡咒罵著。

如果是掉在夜店，現在回去找等於是大海撈針，最快也要等到隔天店家打掃完才有可能找到，這個時間鎖店也關門了，難道我今晚要露宿街頭？

「怎麼了？」看我停下翻包包的動作，韓遠皺眉問。

「我的鑰匙不見了，可能掉在夜店裡面。」

「妳家沒有其他人？」

「我一個人在外面租房子。」

「那妳爸媽家呢？」

「我媽住桃園，而我爸要是知道我去夜店，肯定會把我的腿打斷，那我還不如睡街頭。」

韓遠沉默，似乎也想不到其他解決方案，最後，他無奈嘆氣，伸手招了一輛計程車。

我以為他是要丟下我先離開，沒想到他將我推上車子的後座後，自己也跟著坐上後座，接著對司機說了一個陌生的地址。

我就這麼看著車子開離熱鬧的信義區，卻對於我們要去哪裡毫無頭緒。

凌晨的街道很空曠，幾乎一輛車子也看不見。

我望著車窗外不停變換的景象，雖然頭還是有點痛，不過酒已經醒得差不多了，瞥了一眼旁邊安靜坐著的韓遠，只見他一手靠在車窗上撐著臉，表情若有所思。

車子最後停在一棟華麗的大廈前，韓遠從皮夾掏出一張五百元鈔票交給司機，然後拉著我下車。

我打量著眼前這棟名副其實的豪宅，轉頭問韓遠：「這裡是……」

「我家。」他說：「我不會讓妳睡在路邊，所以今晚妳就待在這裡，鑰匙的事明天醒來再說。」

他的語氣雖然平淡，但又隱約帶著幾分不容許我拒絕的霸道。

他拉著我的手走進大樓，值班警衛見到他帶女生回來，臉上露出一絲訝異，可韓遠什麼也沒說，只是禮貌點頭，帶我進到電梯，按下十一樓的按鈕。

這棟大樓似乎一層樓只有一戶，電梯門一打開就是家門。

他在門的密碼鎖上按下幾個數字，唉，要是我家的鎖也這麼先進，我現在就不需要擔心鑰匙不見的問題了。

打開大門，映入眼簾的是一條長廊，左側是牆壁，右側是鏡子，柔和的燈光照亮大理石地板，給人的感覺很舒服。

我們穿過走廊來到客廳，眼前的場景讓我不禁有些驚豔。

他家很大，非常大，大到讓我覺得不可思議。

客廳的深咖啡色沙發擺成一個ㄇ字型，大約可以坐下十個人，牆上的電視螢幕幾乎可以媲美電影院的銀幕，角落擺著一架黑色三角鋼琴，天花板則掛著一盞水晶吊燈，室內的設計和擺設典雅中透著貴氣。

客廳連結著廚房和餐廳，還有一個小型吧台，跟周凡動家裡的設計有些相似。

他家很乾淨，卻也很冷清，彷彿沒有人住在這裡一樣。

他帶我走向一座室內樓梯，看來十二樓應該也是他家的，兩層樓被打通了。不料我們才剛踏上樓梯，身後便傳來一道低沉的嗓音。

「韓遠，你在做什麼？」

我猛地一怔，停下腳步，像是一個做壞事被抓到的小孩，僵在原地不敢動，我偷偷瞄了韓遠一眼，他的表情很冷靜，在轉過身的同時將我拉至他身後。

我稍稍探出頭，韓遠的爸爸就站在走廊中央，身上穿著西裝襯衫和西裝褲，胸前的領帶已經被他鬆開，似乎也是剛到家不久，還沒換下工作服。

「你帶女生回家？」他挑眉，我連忙躲回韓遠身後。

「你可以每個星期帶不同的女人回來，我爲什麼不行？」

儘管他的語氣沒有太大起伏，字句裡卻充滿挑釁的意味。

我感覺到一股火藥味正在無聲蔓延，心裡有些緊張，深怕等一下兩個人會吵起來，畢竟上次晚宴時，因爲韓遠遲到了，他爸說話的口氣就不太好。

然而，韓遠的爸爸這回沒有發怒，只是冷笑一聲，「我沒說你不能帶女生回來，只是要你把門關好，別吵到我，我明天早上七點要飛韓國。」

說完，他轉身走進自己的臥室，我聽見門碰的一聲被關上，走廊恢復寂靜。

韓遠深呼吸，沉澱了幾秒，帶我來到二樓走廊最末端的房間。

一打開門，迎面而來的淡淡男性香水味和他平時身上那股好聞的味道一樣。

房間的面積很大，中間是一張king size的大床，書桌上擺著一台蘋果筆電，一旁的書櫃上放滿小說、課本和音樂專輯，右側的落地窗則通往陽台。簡單來說，是一個很乾淨整潔的房間，每樣東西的擺設都有條有理，很有他的風格。

他讓我坐在椅子上，打開衣櫃，拿出一件寬鬆的T恤扔給我。

「我家沒有女生的衣服，除非妳想穿我爸不知道從哪帶回來的女人留下來的衣服，浴室裡有乾淨的毛巾，妳可以直接用，沒洗澡不准睡我的床。」

我伸手接過衣服，洗衣精的清香撲鼻而來。

「那你要睡哪？」我眉頭微蹙。

「我會去睡客房。」他修長的身軀靠在衣櫃上，瞇起眼，「還是，妳想跟我一起睡？」

聞言，我不禁一愣。

「妳完全沒有一絲防備，傻傻地就跟著我回家。」他嘴角勾起一抹壞笑，朝我走來，一隻手撐在我身後的書桌上，俯身道：「再怎麼說，我也是個男人，妳都不怕我對妳做什麼？」

我們之間的距離不到幾公分，近到我可以感受到他溫熱的呼吸。

「我不怕。」望著他，我心裡的話脫口而出。

這是我的眞心話。

原本盤據在我心中的負面情緒，隨著酒醒後便逐漸淡去，想法也不像剛才一樣偏激。不管別人是怎麼看我的，我很清楚韓遠自始至終都在幫我、對我好，就算我不知道確切的原因，但可以肯定，他絕對不是抱著看好戲的心態在跟我相處。

他頓時愣住了，似乎沒料到我會這麼回答。

隨後他站直身體，走回衣櫃拿出一套衣服，「好好休息，床頭櫃的抽屜裡有礦泉水，妳可以自己拿來喝，明天醒來如果宿醉的話，我不會照顧妳的。」

望著他的背影，我終於壓抑不住滿腹的疑問。

「韓遠，你到底爲什麼要幫我？我到底有哪一點値得你對我這麼好？」我緊接著說：

「而且我對你有好多疑問，多到我不知道該從哪裡問起。我想要更加了解你，現在的你神祕得像團謎一樣。」

我一鼓作氣將心裡的話說出來，說完後忍不住喘了幾口大氣。

而韓遠只是微微擰起眉頭，黑眸直直地望著我，不發一語。

糟了，我該不會是踩到他的地雷了吧？他討厭別人問他的私事嗎？

「當然，如果你不想講的話……」我乾笑幾聲，試圖化解尷尬。

韓遠卻冷不防將手中的衣服扔到床上，然後抬手解開他身上襯衫的釦子，我愣了幾秒才反應過來，連忙轉過頭，一股熱流迅速竄上我的雙頰。

「你、你在幹什麼？」我的心跳瞬間加快許多，講話不自覺結巴了起來。

孤男寡女共處一室，他這是在幹什麼？

「妳不是對我很好奇嗎？」他好聽的嗓音傳來，我用手蒙著雙眼，從指縫間瞥了他一眼，但下一秒，我原本的害臊全沒了，取而代之的是錯愕。我拿開手，光明正大地打量他結實的上半身，視線停留在他左胸那道觸目驚心的疤上。

那是手術的痕跡，而且看起來不只一次。

「我有先天性心臟病。」他慢慢扣上釦子，平靜道：「我出生後五個小時就動了我人生的第一次手術，一歲時第二次，三歲時第三次……我的童年幾乎可以說是在醫院度過的。」

我愣了愣，腦中倏地閃過許多畫面。

「之前你在片場吃藥，還有你爬山時不停喘氣，都是因爲心臟不好？」我恍然大悟。我之前怎麼都沒有注意到他的異狀？

「嗯。」他點頭，又繼續說：「妳不是好奇我跟汪予葳的關係嗎？」

是，我很好奇，好奇得要命。

「予葳的爸爸叫汪啓源，是盛宇醫院心臟外科的醫生，也是我的主治醫師，我的每一次手術都是他動的，他是我的救命恩人。」韓遠說：「汪叔叔從小看著我長大，他不只是我的主治醫師，更是我很尊敬的長輩，他也把我當成自己的兒子一般看待，所以我和予葳從小就認識了，她就像我的妹妹一樣。」

聽到這裡，我不禁瞠大眼。我曾經設想過好幾種韓遠和汪予葳的關係，卻從來沒有想過眞相竟是如此。一想到之前我居然誤以爲汪予葳是他的女朋友，還在他面前提起這件事，就覺得分外丟臉，難怪他當時一臉好笑的表情。

「還有什麼事妳想知道？」韓遠思考了片刻，「喔，對了，我曾經是醫學系的學生。」

我點頭。

「我從小就想當醫生，我對我爸的事業和演藝圈一點興趣都沒有。」他說：「我的童年是在醫院度過的，每次看到醫生和護士拯救病人的帥氣模樣，我就希望長大後我也能成爲和他們一樣偉大的人，幫助這個世界上需要幫助的人。」

我發現，雖然韓遠在片場觀摩時的認眞模樣很帥氣迷人，但此刻談著醫療夢的他，更是充滿了魅力，他甚至連眼睛都在閃閃發亮。

我知道這才是他眞正的夢想。

「那你爲什麼會轉到企管系？」我皺眉。

「大一那年，我因爲課業壓力太大，在學校的實驗室昏倒，被送進了醫院。」他眼神黯淡了下來，「醫生說，我的心臟沒有辦法承受如此沉重的負擔。當時我才大一，未來還有六年要念，再加上之後的實習醫生、住院醫生，而我又想走外科，壓力只會更大，偏偏我的身體根本無力負荷。企管系本就是我的第二順位，因爲我爸一直希望有人能夠繼承他的事業。」

「對不起……」我突然好心疼韓遠。明明擁有這麼偉大的夢想，卻不能去追求，他肯定很不好受。

「妳不用覺得抱歉，這個世界上，沒有追求一樣東西是不需要做出犧牲的。」他口氣平淡，像是早已看開，「我想要活下去，代價是放棄我的夢想，對我而言這是一個很簡單的選擇。」

「這個世界上，沒有追求一樣東西是不需要做出犧牲的。」

韓遠的這句話讓我想起何岳，想起他提到追求夢想和放棄重要東西時的悲傷眼神。

何岳，你在追夢的路上，選擇了犧牲我，是這樣嗎？

「至於我爲什麼幫妳……」他頓了頓，我屏住呼吸，「因爲，妳讓我想起我媽。」

我眨了眨眼。什麼？

是指我長得像她嗎？還是我身上散發出媽媽的味道？難道他有戀母情結？

見我一臉茫然，他似乎猜到我腦中的想法，嘆了口氣，「妳到底是想到哪裡去了？」

「你講得不清不楚，我真的很難不亂想。」我小聲說。

「這我也不知道該怎麼解釋。」韓遠搔了搔黑髮，「相信妳應該發現了，我和我爸的感情並不好，我爸媽在我十歲那年離婚了。我爸是一個很花心的人，結婚的時候就光明正大地外遇，離婚後更是每個星期帶不同的女人回家。」

他黑眸中多了一絲黯淡，我也終於明白，當時他為什麼會在後山對我露出那種複雜的眼神。

「我媽……跟妳很像，在感情這方面。」他靜靜地說：「我媽眼中只看得到我爸，愛他愛得死心塌地，即便所有人都覺得我爸不適合她，我媽卻認為在這個世界上，她只能跟我爸在一起，沒有他就是不行。」

「小時候我曾經問過我媽，為什麼我爸這麼差勁，她還堅持要跟他在一起，我媽的回答跟那天妳在湖邊說的話很像，妳們都把對方當成了自己的全世界。」他輕嘆了一口氣，「我從小看著我媽為我爸傷心流淚，大概是因為這樣，我才會脫口說要幫妳。儘管我不認同妳們這種狹窄的愛情觀，但我看得出妳很真心，也很清楚那種喜歡有多難受，所以我不想見到妳成為和我媽一樣的可憐女人。」

「天涯何處無芳草，妳何必執著於一個人？」

難怪當時他說出這句話時彷彿很有感觸，原來他就是這樣看著他媽媽長大的。

「其實我最初只打算帶妳進片場，增加妳和何岳相處的機會而已。我本來就決定要去觀摩，幫妳也只是順手之勞，」他說：「再加上我以爲何岳對妳也有同樣的感覺，不需要我再多做些什麼……不過，看來是我的直覺錯了，抱歉。」

「可是，你不只帶我去片場。」我皺眉，「不論是余亞琳的事、送我去醫院、幫我挑禮物、鼓勵我，還有現在……你爲我做了這麼多，爲什麼？」

在提到余亞琳的時候，他的表情一怔，但我還來不及多想，韓遠就開口了。

「我也不明白自己爲什麼要幫了妳這麼多。」他的黑眸溫柔地凝視我，「也許是妳在不知不覺中，成爲了讓我很在意的人吧。」

一直到我睡著前，他的這句話都不停在我耳邊重播。

隔天我醒來時，已經是早上十點半了。

我起床去浴室梳洗，並慶幸自己習慣隨身帶一些基本的化妝品在包包裡，不然以我這副哭腫眼睛又素顏的恐怖模樣要怎麼見人。

正當我梳洗完畢，在房間煩惱沒有換洗衣物時，我發現門縫裡塞進一張紙條，我撿起紙條查看，然後打開房門，門口的地板上放了一個袋子，裡面是一套全新的女裝。

換上乾淨的衣服，我踩著忐忑的步伐走下樓，這個家很大卻又很安靜，所以即使我放輕腳步，還是覺得自己製造出許多聲音。

我往餐廳的方向走去，大老遠就看見韓遠端坐在長桌前，面前擺著一份享用到一半的早餐，目光專注在手中的iPad螢幕上，不知道在讀些什麼。

聽見我的腳步聲，他抬起頭，「終於起床了？」

「嗯。」我點頭。

可能是想起昨天晚上發生的種種，我突然有點不好意思。

害羞、羞愧、尷尬……好多情緒全攪和在一起。

不過韓遠表現得很泰然自若，彷彿他昨天沒跟我坦誠一切一樣，手指向廚房的吧台，「早上陳姨幫妳做了一份早餐，微波後就可以吃了。」

「謝謝。」我朝廚房走去。

吧台上果然擺著一份精緻的美式早餐。

「衣服合身嗎？」他問：「這是我請陳姨在過來的路上買的，因爲家裡沒有女生的衣服，我想妳應該也不會想繼續穿昨天去夜店沾滿菸酒味的衣服，她的女兒跟妳差不多大，身形也很像，所以我想size應該不會有什麼問題。」

「嗯，謝謝。」我點了點頭，覺得很過意不去，「你都讓我借住一晚了，還讓你幫我準備衣服，這樣麻煩你眞的太不好意思了！」

韓遠挑眉，「妳也知道自己是個麻煩？」

「對不起……」我垂首，他則無奈搖頭。

「妳待會有事嗎？」

我想了想，搖頭，「沒有。」

雖然今天是我的生日，但是自從爸媽離婚之後，他們就不曾一起幫我慶祝，通常媽媽會帶我出去吃飯，爸爸則會打電話祝我生日快樂。

不過，由於去年的生日我是和朋友一起度過的，因此媽媽就假設今年我也會想跟朋友一起慶生，殊不知過去這幾天我難過到根本忘了生日這回事，自然也沒有和任何人有約。

「吃完早餐，我帶妳去一個地方。」

「去哪？做什麼？」

「開導妳。」

車子行駛在高速公路上，我坐在副駕駛座，望著窗外的景色逐漸遠離城市的高樓大廈，進入美麗的郊外。

我發現韓遠開車習慣一手靠在窗上撐著頭，另一手握著方向盤，雖然不是正規的開車姿勢，但他開得很穩，讓我很有安全感。

他的車裡瀰漫著一股男性淡香，是一種屬於他的味道。

車子裡播放著英文歌曲，那似乎是他自製的播放列表，而我也發現，原來我們兩個的音樂品味這麼相似，他所播的歌幾乎每一首都在我的清單上。

「你真的不打算告訴我要去哪裡？」

「馬上就要到了。」

他開上一條山路，路的兩側都是樹林，卻不怎麼陰森，反而充滿大自然清新的氣息，我忍不住打開車窗，呼吸樹木散發出來的芬多精。

韓遠拐了一個彎，穿越一片漂亮的田野，最後停在一家民宿前。

「到了。」他熄火，打開車門下車。

我跟著下車，然後環顧了一下四周，放眼望去是綠油油的青山以及蔚藍無雲的天空，涼爽的微風輕拂過我的臉龐，感覺好舒服。

從小在都市長大，我第一次知道原來大自然是如此美麗。

民宿的外觀很壯觀，設計成紅白色的洋房，如同一座位處深山的城堡，房子前面的草坪上種滿好看的花草，我跟著韓遠走進民宿，但在穿越中庭時，他突然停下腳步。

「怎麼了？」我問，順著他的視線看去。

只見一名中年婦人正在澆花，她背對我們，全神貫注於手邊的工作，不知道過了多久，她才終於轉過身，注意到我們的身影。

「歡迎……」她微笑，卻在看到韓遠後愣住，「小遠？」

她眼中的驚訝和慈愛，讓我一眼就知道她是韓遠的媽媽。

她放下手中的澆水壺，快步走向我們。

「小遠，你怎麼忽然來了？事先跟我打通電話，這樣我才有時間準備啊。」她擰起柳眉，擔心地注視韓遠，「最近身體還好吧？怎麼感覺你瘦了？」

我站在韓遠身後，默默打量女子。

她看起來大約四十歲出頭，留著一頭俏麗的短髮，皮膚保養得很好，清秀的臉上化著淡妝，幾乎看不出歲月的痕跡。她屬於知性型的佳人，身上散發出的氣息很素雅、平易近人，跟之前在晚宴上，韓遠爸爸身旁的美豔女子是完全不同的類型。

「我很好，別擔心。」他淺笑道，眼神盡是柔和，「我們沒有要過夜，妳不用特地準備什麼。」

「……我們？」女子這時才注意到站在韓遠身後的我，不禁微微瞠大眼，似乎很是驚訝，「你帶朋友來啊？」

「嗯。」他點頭，把我拉到女子面前，「她是我的大學同學，叫孫永妻。」

「阿姨妳好。」我禮貌地點頭，雖然心裡沒有像與韓遠爸爸見面時一樣充滿害怕，卻還是覺得不好意思和彆扭。

「喔、喔……同學啊，歡迎歡迎！」她親切一笑，然後打了一下韓遠的手臂，不滿地說：「你既然要帶朋友來，那更該事先跟我說啊，這樣我才可以展現我的拿手料理。」

「就說了沒必要……」韓遠露出無奈的笑容。

「不過你們怎麼會突然跑來？」她瞇起眼，曖昧地笑了，「該不會……」

「妳別亂想。」韓遠制止她，「我帶她來……散心。」

「散心？」她皺眉，似乎沒聽懂他的意思。

「嗯。」但韓遠沒有打算解釋。

「這樣啊……」她點頭，沒再多問，朝我溫柔地笑了下，「永斐是第一次來吧？不如阿姨先帶妳參觀一下這裡，妳覺得怎麼樣？」

「好啊。」我頷首。

一路上，阿姨很親切地帶我參觀和介紹民宿的每個角落。我發現雖然民宿的外觀很像城堡，裡面的布置卻很可愛溫馨，中庭種著美麗的花草樹木，還有涼亭和一座小池塘，池塘裡還養了許多魚兒，民宿的後方則是一座果園，種著許多果樹和蔬菜。

「這些都是妳自己種的嗎？」我有些驚訝。

「以前年輕的時候是，現在老了，要雇人幫我做。」她笑了笑，並對韓遠打趣道：「小遠，下個月要不要過來幫我摘蘋果？這樣我就不用麻煩劉叔叔了。」

「可以啊。」他點頭，很乾脆就答應了。

我腦中忽然浮現韓遠在果園裡忙碌的畫面，怎麼……好像有點滑稽。

我不禁噗哧一聲笑了出來，韓遠像是看穿我腦中的想法，黑眸瞪了我一眼，我連忙止住笑聲，但還是遮不住嘴角的笑意。

接著，阿姨帶我們參觀房間。

每個房間都有兩張雙人床，純白的床單和被子摺得整整齊齊的，床上擺著一籃衛浴用品，獨具匠心的裝潢讓人相當驚豔，一旁的落地窗則面對著青山，這樣不論是早上或是夜晚都可以欣賞到美麗的風景。

「這裡所有的擺設都是妳自己設計的嗎？」

「嗯。」阿姨點頭。

「好厲害！」我忍不住驚呼，「這裡每個角落都給人一種很溫馨的感覺，我好喜歡。」

「謝謝。」阿姨的臉上浮現一抹淺笑，「我從小就很喜歡設計，大學也是念相關科系，只是一直沒地方發揮，直到開了這家民宿。」

參觀完民宿後，也已經是下午兩點了，阿姨煮了一頓簡單的午餐給我們，並且再次埋怨韓遠沒有提早通知她我們要來的事情，害她沒辦法準備更好的料理招待我們。

用完午餐後，韓遠跟他媽媽在廚房說了一會兒的話，接著走回我身邊，把我從椅子上拉起。

「走吧。」

「去哪？」

「開拓眼界。」

儘管不是很懂韓遠的意思，我還是跟著他走出民宿。沿著田野間的小徑走到山路的入口處，眼前的石頭階梯與學校後山的場景有些相似。

「你可以嗎？」我皺眉，擔心他的心臟會負荷不了。

「可以。」韓遠邁開步伐，看了我一眼，淡淡道：「只要妳不要像上次一樣，謀殺般拉著我跑就好了。」

「我又不是故意的……」我小聲爲自己辯解，誰叫你不跟我說。

跟學校後山的狹窄階梯不一樣，這裡的階梯比較寬敞平緩，很適合散步。道路的兩側是濃密的樹林，抬頭則是晴朗無雲的天空，今天的天氣很好，豔陽高照，既舒服又溫暖，不像過去幾天那樣冷颼颼的。

身處在山林裡，鳥叫與蟲鳴聲迴盪在我的耳邊，呼吸的每一口空氣都是如此清新，跟都市的髒空氣完全不同。我被大自然所包圍，這爽朗休閒的感覺讓我非常舒心，過去幾天累積的龐大壓力和負面情緒瞬間一掃而空。

走了一陣子之後，階梯變成平地道路，我閉上眼，感受著周遭的環境，嘴角不禁微微上揚。

韓遠在前方的路口拐了一個彎，走入一片綠油油的偌大草原，草原上有許多野花和樹木點綴，構成一幅美麗的景象。

韓遠終於停下腳步，我也跟著止住步伐，此時我們已經來到草原的盡頭，對岸是一片盛開的花海，眼前的美景讓我歎爲觀止。

我可以肯定地說，這是我這輩子見過最美麗的景色。

我們和花海中間隔著一條河，由於我們身處高處，往下望就可以看見底下陡峭的斷崖。

「好漂亮……」我由衷地讚歎著，眼中滿是驚豔。

韓遠瞥了一眼腕上的手錶，修長的身子靠在大石頭上，輕聲道：「還有更美的。」

不久後，我便見識到韓遠話裡指的是什麼。

隨著太陽逐漸西斜，夕陽溫暖的橙色光芒照射在對岸的花草上，耀眼得讓我睜不開眼睛，我感覺太陽彷彿就歇息於這座山之後，與我們的距離近在咫尺。

「謝謝你，韓遠。」我的嘴角揚起一抹笑。他所謂的開拓眼界，指的就是眼前的景色吧？

「一個一輩子沒有踏出城市的人，是不會了解大自然有多麼美麗。」韓遠深邃的黑眸注視著我，聲音格外溫柔，「就像一個人的眼裡如果只容得下一個人，那會是一個很狹窄、很令人窒息的世界，因爲他看不見周遭的其他美景。」

我愣了愣。

他指的是我對何岳的感情嗎？我把何岳視爲一切的中心，而這樣的世界太狹窄了嗎？

「我想要告訴妳的是，快樂的方法有很多種，跟喜歡的人在一起只是千百種方法裡的其中一種而已。」他輕聲說：「如果妳仔細觀察妳的周遭，就會發現生命中能夠帶給妳快樂和意義的，絕對不會只有一個人，或是一件事。」

我望著韓遠，張口卻說不出話來。

「孫永婓，我希望妳可以多看看妳的四周，不要只看一個人。」他摸摸我的頭，大掌落在我髮絲的溫柔觸感好熟悉，「不要爲別人而活，要爲自己，這樣的人生才有意義。」

以前我總覺得韓遠是一個複雜的人，黑眸深不見底，可此刻的他，雙瞳是如此清澈明亮，我清楚看見他眼中的眞摯。

「嗯。」我應了聲，突然感到一陣鼻酸，眼淚忍不住掉了下來。

「哭什麼?」他無奈道,伸手摟住我,「妳這樣等一下回去,我媽會以為是我欺負妳,別看她一副親切的樣子,生起氣來很恐怖的。」

聞言,我不禁笑出聲,但眼淚仍沒有止住。

謝謝你,韓遠。

太陽下山後,我和韓遠沿著原路返回民宿。也許是下坡的關係,路程感覺比去的時候短,而天色在我們回到民宿時,完全暗了下來。

一走進民宿,大老遠我便瞧見阿姨跟一名男子正在大廳聊天。

見狀,韓遠緩緩停下腳步,並伸手攔住我,阻止我上前。

我皺眉,對此有些不解。

男子的年齡看起來比阿姨大上許多,不過身體依舊健朗,保養得很好,一身休閒打扮,舉手投足間散發出一種充滿自信的氣場,雖然我不認識他,可是我能感覺到他不是隨便的普通大叔。

兩人似乎聊得很開心,有說有笑,從阿姨的眉眼間,我捕捉到一絲⋯⋯愛意?

啊,原來如此,我這才明白韓遠的用意。

「喔,小遠!」忽然,阿姨的眼角餘光瞥見我們的身影,「回來啦?」

「嗯。」他朝他們走去,然後禮貌地向男子點頭,「劉叔叔好。」

「韓遠,才一陣子不見,怎麼感覺你又變帥了!」男子爽朗地大笑幾聲,「我剛剛正在跟你媽聊天，聽說你帶女朋友回來啊？」

女朋友？

我的臉頰突然熱了起來。

「不是女朋友，是女生朋友啦！」阿姨連忙跳出來糾正，韓遠則是一臉無奈。

「是我聽錯了，不好意思！」男子又大笑幾聲，向我伸出手，「妳好，我是劉世揚。」

「我叫孫永妻，很高興認識你。」我回握他的手，禮貌一笑。

「哎呀，我聊得太開心，都忘了要準備晚餐。」阿姨不好意思地笑了笑，接著看向劉叔叔，「謝謝你的禮物。以後不用這麼客氣，太麻煩你了。」

這時我才注意到阿姨手上拿著一個精美的提袋，不知道裡面裝的是什麼。

「不會，妳喜歡就好。」劉叔叔的眼中流露出一絲溫柔，「我也該回去了，不打擾你們家人相處的時光。」

等劉叔叔走遠之後，阿姨對韓遠說：「小遠，我剛才發現醬油好像用完了，你可不可以去山腳的超商幫我買一瓶？」

「好。」韓遠點頭。

原本我還在想自己是否應該跟韓遠一起行動，阿姨卻對我淺淺一笑，「永妻，不介意的話，可以來廚房幫我的忙嗎？」

來到民宿的廚房，裡面比我想像中的寬敞和乾淨。

「今天沒什麼客人，所以我讓廚師提早下班，這樣我也方便自己下廚，做些好吃的給你們。」阿姨說，遞給我一件圍裙。

她從冰箱取出一些青菜，請我幫忙洗乾淨，然後切成適當的大小。也幸好只是洗菜、切菜，因爲我已經記不得上次踏入廚房是什麼時候的事情了。

「所以，你們散心散得如何？」阿姨問：「老實說，我還是搞不太懂那孩子所謂的散心到底是什麼意思，是發生了什麼事嗎？」

「喔……」我搔了搔臉，有點不好意思，「其實是我被喜歡了很久的青梅竹馬拒絕，韓遠想要安慰我，才帶我來這裡看風景，希望我可以多看看周遭其他的美好事物，不要太執著於一個人。」

阿姨眼中閃過一絲驚訝，接著點頭，「原來是這樣啊。」

「嗯……」我點頭，繼續切著菜。

「多看看周遭其他的美好事物，不要太執著於一個人……」阿姨喃喃道，露出一個無奈的笑容，「這句話，曾經有好多人這麼對我說過呢。」

我望向阿姨，此刻她眼中的苦澀全被我看得一清二楚。

即便事隔多年，想起來還是一樣痛嗎？

「阿姨……」

「小遠會帶妳來這裡，代表妳應該已經知道關於他的事了。」她說：「他的病、我和他爸爸的關係……」

「嗯。」我點頭。

「永斐，阿姨不是情聖，在愛情裡甚至可以說是一個失敗者。假如可以回到妳這個年紀，我一定會聽進身邊的人給我的建議，多看看自己的周遭，而不是只看著一個人。」她闔上眼，「我曾經以為，韓凜就是我的世界，我這輩子只要他一個人，沒有他，我活不下去，後來我才發現，這樣的愛情太盲目，也太狹窄了。」

「韓凜就是我的世界。」

這句話好熟悉。

我好像也曾對韓遠說過，何岳就是我的世界。

「阿姨，如果妳願意的話，可以告訴我妳和韓遠爸爸之間的事情嗎？」

韓遠說，我和他媽媽在感情觀方面很像。我想要知道，如何活出屬於自己的人生。

聽見我的要求，阿姨的眼中閃過一抹驚訝，接著被柔和與慈愛取代。她看著我的眼神，就像從我身上看見了當年的自己一般，為我感到心疼。

「韓遠的爸爸是我高中時的學長。」阿姨緩緩開口：「我在學校戲劇社的表演上對他一見鍾情，然後就這樣跟在他屁股後面追了將近十年。」

她回憶起多年前的往事，言談間帶著一絲淡淡的憂傷。

「他很帥氣、聰明、又有才華，如此耀眼的人實在很難讓人不為他著迷，即使我知道他天生就是一個花心的人，他的溫柔永遠都不會只屬於誰。」阿姨苦澀一笑。

「可是有些時候，一個人付出得愈多，就愈無法抽身，就如同我喜歡韓凜愈久，就愈無法放手。」她輕嘆了一口氣，「有一次我們兩個喝多了，發生了關係，我因為這樣懷上小遠，並跟韓凜結婚。我還記得，當時的我很開心自己終於成為得到他的那個人，現在想起來過去的自己還真傻。婚後他繼續在外面拈花惹草，我卻還是無法離開他，就算每天都因此傷心流淚，我依舊放不了手。」

我忽然覺得胸口好悶。那我呢？我能夠放手嗎？

「不只周遭的人不懂我，有時候就連我也不懂我自己，我天真地幻想韓凜會有改變的一天，而我將會是改變他的那個人。」她語氣有些自嘲，「直到後來小遠出事，我才意識到，原來我盲目的愛情不僅傷害了自己，還會害到別人……我在乎的人。」

「韓遠……發生了什麼事？」

「有一陣子我因為傷心過度，每天都必須吃安眠藥助眠，但有一次我不小心服藥過量，昏倒在家裡的客廳。小遠的心臟不好，那天他放學回來看到我倒在地上，一下子受到太大的刺激病發了，要不是他爸爸剛好回來，他可能早就沒命了。」

聞言，我頓時愣住了。

韓遠昨天提到他媽媽時，眼中只有心疼，他從來沒有提起過這件事，也沒有表達過任何對她的埋怨。

「這件事就像一個巴掌，狠狠打醒了我。」講到這兒，她不禁眼眶泛淚，我連忙拍拍阿姨的肩膀安慰她，「我意識到自己是個不合格的媽媽，所以我向韓凜提出離婚，選擇放手，雖然韓凜是一個濫情的人，但他很聰明又成功，我知道他能夠給小遠一個優渥的生活環境。」

我能看得出來，她至今依然對韓遠深感愧疚。

「離婚之後，我想起以前周遭的人對我的勸說，決定開始尋找自己人生的意義。我搬到山上，遠離跟韓凜有關的一切，重新開始。我從小就想擁有屬於自己的店，所以我決定開一家民宿，追求自己的夢想。儘管一開始很忙碌，可我是在爲自己努力，而不是爲別人而活。」

說到這裡，阿姨的臉上重拾光彩。

「每天我都會探索周邊的美景，而我也發現，就算沒有韓凜，世界還是一樣美麗，甚至更美麗。」她無奈地笑了下，「爲什麼以前的我會以爲，沒有他的世界就是黑白的？」

我想了想，是啊，就算沒有何岳，那片花海和夕陽還是一樣美麗，我怎麼沒發現？

「其實我知道，小遠一直不怎麼理解我的選擇，他對我有很多埋怨，但他從來不說，因爲他是一個很善良的孩子，看我傷心，他就不忍心再說重話讓我難過。」她低笑，「剛離婚時，我有好一陣子都沒有跟小遠見面，直到民宿上了正軌後，我才主動聯絡他，現在他每個月至少會來探望我一次。」

阿姨深吐了一口氣，揚起一抹笑，「我透過民宿認識了許多朋友，不論是來自不同地方的旅客或是附近的鄰居，他們都是我生活中快樂的來源，也讓我的人生充滿意義。」

「劉叔叔也是透過民宿認識的嗎？」

阿姨點頭，「是啊，他以前是一間公司的老闆，不過在他的妻子出了一場意外過世後，他受到不小的打擊便決定提早退休，搬到山上，讓兒子接手事業。我們是偶然在散步時認識的，一聊就覺得很投緣。」

「他看起來對妳很體貼，感覺是一個很好的人。」我笑道。

阿姨似乎聽出我的言外之意，淺淺一笑，「是啊，他是一個很好的人，我很幸運能夠認識他，在這個年紀，我不追求什麼轟轟烈烈的愛情，只希望能找到懂得珍惜彼此的人，互相扶持，這樣就夠了。」

她看向我，眼中充滿慈愛，「永斐，人生的美好與否，不會只取決於一個人，妳還年輕，多觀察自己的周遭就會發現，其實身邊有很多很好的選擇……眼前不就有一個嗎？」

「啊？」我一愣。

阿姨笑著說：「小遠雖然嘴巴硬，其實心腸很軟，而且跟他爸爸不一樣，他只對他在乎的人好，他是個很好的孩子，我絕不是因爲他是我兒子才這麼說的。」

話才說完，小遠就拎著醬油，打開廚房的門。

阿姨笑了笑，繼續炒菜，彷彿剛才的對話從來沒有發生過。

阿姨做了一整桌的好菜給我們當晚餐，吃完後，她問我們要不要留下來過夜，韓遠搖頭拒絕，畢竟明天還要上課。我依依不捨地跟阿姨道別，同時也向她小聲說了謝謝，並保證我下次還會再來探望她。

在走向車子的途中，韓遠突然停下腳步，從外套口袋拿出一個精緻的盒子遞給我。

「生日快樂。」

他好聽的嗓音迴盪在我耳邊，柔和的月光照亮他俊美的臉蛋，我愣愣地望著他深邃的眼眸，臉上盡是驚訝。

今天發生了這麼多事情，多到我幾乎忘了今天是我的生日，所以我很驚訝韓遠居然還記得，甚至準備了禮物給我。

我接過小盒子，打開一看，裡面是一條純銀的手鍊。

手鍊的設計很簡單素雅，沒有多餘的裝飾品，但從鍊子上的精緻紋路，可以看得出來做工很細緻。

「好漂亮……」我眼中閃爍著感動，並且一陣鼻酸，「韓遠，謝謝你。」

「希望二十歲的妳，能夠比十九歲的妳更爲了自己而活。」

韓遠淺淺一笑。

我這才發現，原來韓遠的笑容是如此耀眼。

第七章

「就像一個人的眼裡如果只容得下一個人，那會是一個很狹窄、很令人窒息的世界，因爲他看不見周遭的其他美景。」

「如果妳仔細觀察妳的周遭，就會發現生命中能夠帶給妳快樂和意義的，絕對不會只有一個人，或是一件事。」

「孫永斐，我希望妳可以多看看妳的四周，不要只看一個人。不要爲別人而活，要爲自己，這樣的人生才有意義。」

自從韓遠跟我說了這番話之後，我花了許多時間投注在自己身上。

以前的我總是跟在何岳身後跑，不論是爲了跟何岳同校而奮力念書、爲了見到何岳去片場打工，或是爲了何岳答應成爲臨演，我做的很多事情都是以何岳爲出發點，而不是我自己。我將何岳視爲我的世界中心，也是因爲這樣，我才會在被拒絕後，感覺彷彿有人將我人生的意義抽離一樣。

可是正如韓遠所說的，世界上美好的事物其實很多，能帶給我的人生意義的，也不會只有單一件事物，我需要做的只是放寬眼界。

「永斐，妳的運氣很好，真的要好好把握，不要一直浪費身邊的機會，連我看了都覺得好可惜。」

「妳這個人就是視線太狹窄了，何岳到底有哪一點值得妳這樣對他死心塌地的？」

其實之前詩芸和宣寧也跟我說過類似的話，回頭環顧過往，我身邊的確有過一些很好的機會和很優秀的人，只不過當時的我從來沒有注意到，因爲我眼裡只看得到何岳。

也許，我眞的應該多探索周遭美好的事物，而不是執著於一個人。

也許，我眞的該好好想想，對孫永斐而言，什麼才是適合的。

只是這麼多年的感情，我眞的放得下嗎？

二十歲，也不再是小孩了，我應該……能夠放下吧？

隨著學期進入尾聲，我決定將重心放回學業上。

由於之前周凡勳幫我惡補過的關係，我的第二次期中考成績還算理想。而爲了不敗在期末考上，考前的兩個星期我幾乎每天都去圖書館念書，這也是到目前爲止，我大學生涯中最努力準備考試的一次。

我想，這是我將注意力放回自己身上的第一步。

雖然當初我是爲了何岳才考上盛宇大學，但這不代表我不能爲了自己念下去。現在回想起來，我都考上第一志願了，居然對未來一點理想或抱負也沒有，眞是浪費學校資源。

除了讓學業回到正軌外，我也決定下學期不再浪費時間在系學會上，而是加入我有興趣的社團，認識新朋友，希望有一天，我也能夠像何岳、韓遠或是宣寧那樣，找到我的夢想和熱忱。

當我開始花更多時間在自己身上後，我發現自己沒有想像中的思念何岳，失戀的痛楚好像就這樣隨著時間慢慢淡去，連我自己都沒有注意到。

寒假過後，何岳主演的微電影《我眼中的妳》正式上映，在各大數位媒體平台都可以看到。

儘管余亞琳的醜聞讓劇組在拍攝期間受到一些負面新聞的波及，但是靠著安祖延的名聲和BC製作的口碑，大家對於作品的期待度依舊很高，所以微電影一上映便受到各大媒體關注，而清新的劇情和細膩的拍攝手法立刻獲得觀眾的一致好評，之前的事件也逐漸被淡忘。

同時，何岳和李賞月聯手爲微電影打造的同名主題曲占據了各大音樂排行榜，Youtube點閱率在第一個星期就已經破五百萬，這也讓何岳的演藝事業更上一層樓，躍升爲樂壇的一線男歌手。

自從生日演唱會之後，我和何岳就再也沒有任何交集，如同兩條平行線。

沒有簡訊、沒有電話，我也沒再回去過桃園。

然而，何岳卻好像不曾從我的生活中離開一樣，不論走到哪裡，我都能聽到店家播放他的歌曲，螢幕上出現他的身影，或是周遭的人討論著他的名字。

可那種感覺已經跟以前不一樣了。

現在的何岳，彷彿完全是一個只能遠觀和崇拜的偶像，不再是那個和我一起長大，住在我家隔壁的青梅竹馬了。

我知道我應該為何岳感到開心，不過每次看到他在螢幕上發光發熱，我還是會感覺到有一股熟悉的悶感不受控制地在我心中蔓延。

除了因為他離我愈來愈遠之外，我也希望我們之間不要停頓在一個那麼尷尬的點。

就算我能夠放下，但這不代表我希望何岳從我的生命中消失。

可是我不知道，我還會不會有機會再見到何岳。

由於微電影的成績良好，甫一上映，點閱率立刻衝上各大平台的排行榜冠軍，於是安祖延特別辦了一個慶功宴，邀請包括我在內的所有工作人員參加。

收到邀請的當下，我其實很受寵若驚，畢竟我只是個工讀生，而且雖然余亞琳的事情已經落幕，但是身為事件的當事人，我以為大家會對我避之唯恐不及。

起初我以課業繁忙為理由拒絕，然而Annie姊一語就戳破我是因為怕尷尬，並一直提起當初我沒告別就從劇組退出的事讓我感到內疚，要我一定要去慶功宴。

Annie姊說當初影片外流的時候，劇組的人其實心裡都很爽快，畢竟余亞琳對工作人員的態度始終很不尊重，只是沒有人敢吭聲，深怕得罪她背後的靠山。

「所以妳不用怕尷尬啦，那件事又不是妳的問題，而且講真的，大家還滿感激妳的！

當然，還有拍影片的神祕客。」Annie姊在電話另一頭問：「妳眞的不知道是誰拍的喔？」

「我還想要問妳呢。」我無奈，「反正也不重要了，事情過去就讓它過去了吧。」

「也是，現在大家皆大歡喜就好了。」Annie姊說：「我很想妳耶，妳走了以後都沒人陪我聊天……那就星期六見嘍！」

然後，我還來不及答應或拒絕，Annie姊就把電話掛掉。

「唉……」望著手機螢幕，我輕嘆了一口氣。

我也不是不想去，只是撇開見到余亞琳會很尷尬不談，身爲主演的何岳是一定會到場的，而我的內心深處，仍有一點害怕當我再次見到他的時候，會讓這陣子的努力白費。

隨著下課的鐘聲響起，學生們一窩蜂地從講堂裡湧出。見狀，我連忙踮腳朝門口張望，很快就在人群中捕捉到那抹熟悉的高眺身影。

「韓遠！」我大喊，並向他揮手。

韓遠抬頭看向我，眼中多了一絲驚訝。

「妳怎麼會在這？」他朝我走來。

「我剛才去找老師問問題，然後我記得你現在有課，剛好我有件事情想問你，就直接過來找你了。」我瞅著韓遠，感覺他似乎很疲憊，不禁皺起了眉頭。

「有事找我，怎麼不直接傳訊息？」

聞言，我忽然答不出個所以然來。

我也不明白爲什麼我沒有傳簡訊，而是親自過來找他。

只知道最近爲了慶功宴的事，我感到相當心煩，而潛意識裡我好像只要見到韓遠，心情就會平靜下來，因爲他身上總是散發出一種很穩重的氣息，讓我很有安全感。

自從我生日那天之後，我和韓遠的關係就變得有點微妙，除了我們的互動變多之外，我常覺得有一種特別的情愫瀰漫在我們之間，卻又形容不出一個具體的感覺。

以前我總覺得他講話惡毒，現在回想起來，其實他字句間參雜著的多是關心，只是他習慣用直接的語氣來掩蓋內心溫柔的那一面。

「也許是妳在不知不覺中，成爲了讓我很在意的人吧。」

我沒有向韓遠追問這句話的涵義，他也沒再向我提起過，然而每當我想起他說出這句話時的眼神，我就感覺到一股悸動滑過心頭，可又不懂自己到底是在害羞什麼。

大概是因爲這是我長這麼大以來，除了何岳以外，第一次有男生對我講這種話吧？

我不想要自己多想，自作多情。

「所以妳找我有什麼事？」見我沒反應，韓遠再次問。

「喔，其實也不是什麼大不了的事啦。」我搔了搔頭，有點不好意思，「我只是想問你會不會去微電影的慶功宴。」

他臉上迅速閃過一抹尷尬，接著搖頭，「應該不會。」

「為什麼？」我驚呼，「你跟安導的感情那麼好。」

面對我的疑問，韓遠頓了頓，似乎不知道該怎麼解釋。

見狀，我不由自主地低下頭，一股失落感在我心中蔓延，原本我認為韓遠一定會去慶功宴，如果有他在的話，我會比較有勇氣面對何岳……

「妳想去？」他低沉的嗓音傳來，抬起頭，我對上韓遠深邃的黑眸。

他看著我，眉頭微皺，我連忙收起失落的表情。

「沒有啦，只是好奇問一下而已。」我假裝無所謂，又笑了笑，「我想我還是不要去好了，感覺好尷尬喔，不管是余亞琳還是……」

我驀地打住，許久沒有從口中講出「何岳」這兩個字，突然覺得好陌生。

聞言，韓遠沉默了片刻，最後開口：「要去也是可以。」

「真的？」我睜大眼，然後立刻為自己激動的反應感到丟臉，明明上一秒還裝得沒有很想去，結果一下子就穿幫了，我趕緊撫平情緒，再次確認，「你真的會去嗎？」

「嗯。」韓遠點頭，「我等一下還有課要先走了，星期六見。」

望著韓遠逐漸遠去的背影，我忍不住嘴角上揚。

同時，我也不禁在內心自問：是從什麼時候開始，我變得如此依賴韓遠的？

「謝謝大家！」安祖延起身，對在場所有劇組的人說：「如果沒有你們，《我眼中的妳》也不會有今天這樣的好成績！」

他一開口，在場所有人便開始大聲拍手歡呼。

微電影的慶功宴辦在五星級的悅豐酒店，安祖延包下一整個宴客廳，席開六桌邀請劇組所有的工作人員、演員和投資方參加。

慶功宴上除了有豐盛的食物外，安祖延還特別請了知名DJ，並準備了許多昂貴的名酒，氣氛熱鬧，看來今晚大家是打算不醉不歸。

「在拍攝的過程中，我們經歷了許多事情，其中有好有壞，相信這對我們所有人而言都是一種學習。」安祖延繼續說：「我很開心，也很感謝在場所有人的不離不棄，我脾氣不是太好，謝謝大家這段時間對我的包容！」

聽安祖延這麼說，大夥都不禁笑出聲。

「希望未來台灣的影視市場能夠更加發揚光大！乾杯！」安祖延舉起手中的酒杯敬向大家，然後一飲而盡，大家也跟著一口氣喝完杯中的酒。

在一片掌聲和歡呼聲中，我瞥見默默坐在角落的余亞琳。

從慶功宴開始到現在，余亞琳一直很沉默，除了偶爾跟經紀人說幾句話之外，她幾乎沒有和劇組的人有任何互動。身爲微電影的女主角，她是什麼時候到達現場的也都沒有人知道，低調的態度與以前在片場頤指氣使的模樣判若兩人。

不知爲何，看著余亞琳如今的樣子，我突然有點同情她……

「永妻，乾杯！」忽然，坐在我旁邊的Annie姊手搭上我的肩，要我跟她碰杯。

「喔、喔。」我連忙舉杯向她敬酒，然後看向坐在我身旁的韓遠，小聲問：「你不喝嗎？」

韓遠搖頭拒絕，「等一下吧。」

與周圍逐漸喝醉的工作人員們相比，韓遠從頭到尾都很安靜，既沒有喝酒也沒有和大家有太多的互動，不過我也不覺得奇怪，畢竟韓遠本來就不屬於愛鬧的人。

話說回來，過去幾天我一直擔心著今天要如何面對何岳，結果到了現場，我才得知何岳因爲通告延誤的關係，沒有辦法在時間內回到台北。

聽到這個消息的當下，我鬆了一口氣，但再仔細一想，我其實沒有想像中的緊張，這點連我自己都感到訝異。

我環顧四周，大部分的人都已經結束用餐，進入喝酒狂歡的階段，台上的DJ也適時將原本輕快的音樂轉換成炒熱氣氛的high歌。

聽Annie姊說，今天劇組的工作人員私下約好要把安祖延灌醉，因爲聽說他大學時期是一個玩咖，酒量非常好，到目前爲止，影視圈裡沒人看過他喝醉的模樣。

於是在慶功宴上，每個工作人員都不停向安祖延敬酒，只不過他看上去依舊一絲醉意也沒有，倒是工作人員們個個喝到滿臉通紅，連站都好像快要站不穩。

「韓總！」

安祖延突然驚訝地大喊，吵雜的會場瞬間安靜下來，所有人都反射性地轉頭朝門口看去。

是韓遠的爸爸。

只見他身穿白色襯衫和黑色西裝褲，襯衫的袖子捲到手肘的部位，跟那天在韓遠家撞見的打扮極爲相似，應該是直接從公司過來的。

「安大導演，恭喜恭喜！」他邊鼓掌邊朝安祖延走去，爽朗地大笑：「也辛苦在場的各位了！你們大家繼續喝吧，別因爲我停下來！」

看著韓遠他爸，我不禁想起那天與阿姨的對話，下意識低下頭，不想和他對上眼。

「韓遠……」

正當我轉頭想要查看韓遠的情況時，卻發現原先坐在我旁邊的他早已不知去向，可是我還來不及搞清楚韓遠去了哪裡，就被Annie姊抓去跟其他化妝師乾杯。

喝了幾杯之後，我的頭有些暈了起來。爲了不讓上次在夜店發生的事情重蹈覆轍，帶給韓遠麻煩，我三番兩次推辭了好久，Annie姊才終於肯放我一馬。

然而回到座位後，韓遠的位子依舊是空的。

我擰眉，視線在宴客廳裡轉了一圈，還是沒有發現他的身影。

是在廁所嗎？

正好我也想上洗手間，於是我走出宴客廳，在如同迷宮般的飯店裡轉了好幾圈後，總算在轉角找到化妝室。

上完廁所後，微醺的感覺也退去許多。

望著鏡中的自己，我想起上一次來悅豐酒店是爲了參加BC的秋季晚宴，也是在那天我認識了韓遠，當時的我絕對不會想到，我跟韓遠、還有我跟何岳的關係會演變成現在這樣。

時間過得眞快……我輕吐了一口氣，準備離開。

忽然，我聽見廁所的隔間裡傳出馬桶沖水的聲音，下一秒，門打開了，鏡中倒映出的臉孔令我大吃一驚。

是余亞琳。

她的表情也同樣怔然，身體僵在原地不動，我就這麼從鏡子裡與她對望，直到她率先打破沉默。

「Bitch.」

「什麼?」我愣住，轉身與她正面相對，不確定是不是自己的耳朵聽錯了。

「我說，妳是一個bitch。」余亞琳朝我逼近，咬牙切齒道:「沒想到妳長得一副清純樣，其實是個狐狸精。」

「妳到底在說什麼?」我皺眉，覺得她簡直莫名其妙。

一想到我剛才居然還對她產生同情……我大概是腦袋出了什麼毛病吧，要一個人在短時間內改頭換面，果然是件很困難的事。

「我不想跟妳起沒意義的爭執。」我翻了一個白眼，這場景太似曾相似，我不想再次捲入同樣的事情。

「我有說錯嗎?」余亞琳冷笑，「妳是跟BC的少爺上床，他才會幫妳搞我的吧?看他平時一臉正經的模樣，想不到骨子裡跟他爸其實是同一種人，我告訴妳，這筆債總有一天我會討回來的，妳等著瞧吧。」

我還來不及釐清余亞琳的話中之意，她便甩頭離開。

「妳是跟BC的少爺上床，他才會幫妳搞我的吧？」

在走回會場的途中，我不停反覆想著余亞琳剛才的話。

這是什麼意思？那件事情跟韓遠有什麼關係？

正當我感到納悶不解時，前方走廊傳來一道不屑的冷笑聲，伴隨著熟悉的嗓音，我停下腳步定神一看，只見轉角處站著兩道高眺的身影，是韓遠跟他爸。

「你還有臉來慶功宴？」韓凜語帶嘲諷地說：「都不會覺得對不起你的祖延哥或是其他工作人員嗎？你捅出的這個婁子帶給我還有公司多少麻煩，你知道嗎？」

聞言，韓遠只是沉默，沒有回應。他修長的身子輕靠在牆上，雙手環抱在胸前，面對他爸的冷嘲熱諷，韓遠的表情沒有絲毫變化，我分辨不出此刻他的內心在想些什麼。

「不講話？」韓凜挑眉，從他泛紅的雙頰和說話的口氣，我可以看得出來他已經喝醉了，「你平常不是很伶牙俐齒？怎麼現在連一句話都說不出來？」

韓遠依舊沉默不語，走廊上瀰漫著令人窒息的寂靜。

良久，韓遠才緩緩開口，平淡道：「如果你眞的在意祖延哥或是工作人員的感受，當初在選角的時候就會選擇有實力的演員，而不會因爲對方的父親塞錢給你，你就選了她，也不會在工作人員跟你反應余亞琳的態度問題時，假裝視而不見。」

「你說什麼？」韓凜激動地瞪大雙眼，火氣瞬間湧上，他揚起右手，用力往韓遠白皙的臉上打去。

啪！

響亮的巴掌聲迴盪在走廊上，撞見這一幕，我一怔，連忙摀住自己的嘴巴，以免發出聲音，然而韓遠的眼睛眨都沒眨，臉頰上逐漸浮現出一個紅腫的印子，他卻彷彿連一絲疼痛都感覺不到。

「講得這麼好聽，別以爲我不知道你是爲了那個打工的女生才把影片流出去。養出你這種反咬自己老爸的兒子，算我倒楣。」韓凜冷哼道：「既然你不爽我的作風，那怎麼不滾回山上跟你媽住？不想繼承我的事業就別繼承，沒人求你。」

剩餘的對話，我一個字也沒有聽進去。

「講得這麼好聽，別以爲我不知道你是爲了那個打工的女生才把影片流出去。」

我耳邊不停重複著這句話，腦中一片混亂，當我回過神時，走廊上只剩下我跟韓遠兩個人，他深邃的眼眸直直地望著我，不發一語，從我的反應，他大概已經猜到我聽到了剛才的對話。

「韓遠……」我朝他走去，眼中帶著錯愕，「余亞琳甩我巴掌的影片是你流出去的嗎？」

「嗯。」事到如今，他好像也沒有打算繼續隱瞞。

我在他面前停下，抬頭看向比我高一顆頭的他，心裡的情緒異常複雜。

我之前有猜測過影片會不會是韓遠流出去的，但我轉念一想，又否定了這個想法。我怎麼可能有讓韓遠做出這種事情的能耐呢？

回想起之前提到余亞琳或是微電影時，韓遠那尷尬的神情，當時我就覺得他似乎在隱瞞什麼，如今我終於懂了。

「這是你家公司的電影，你這麼做，你爸他……」

「他很生氣。」他接下話，我反射性地想要道歉，他又繼續說：「就像我看到余亞琳打妳巴掌時很生氣一樣，等我回過神的時候，我已經把影片上傳了。」

倏地，我感覺到心臟漏跳了一拍。

我張口欲言，明明這個問題早已存在心裡許久，我卻久久說不出口，「爲什麼要對我這麼好？」

韓遠沒有立刻回答。

他直直地瞅著我，銳利的目光彷彿要將我的一切看透，我們之間的距離只有幾公分，四周安靜到我幾乎可以聽見自己的心跳聲。

「也許是……」他緩緩開口：「我在看著妳喜歡何岳的過程中，喜歡上妳了吧。」

明明他的聲音是如此輕柔，在我聽來卻是震耳欲聾，他凝視著我，眼神是無與倫比的溫柔，然而同時又帶有那麼一絲悲傷。

「孫永斐，妳現在眼裡看得到我嗎？」

從他深邃的眼眸裡，我瞧見自己愣住的模樣。

有那麼幾秒鐘，我忘了如何呼吸、忘了如何思考、忘了如何回答，只是直盯著韓遠那張俊秀的臉龐，什麼也說不出口。

最後，他從我身邊抽離。

「答案，等妳想好了再告訴我。」

「孫永斐，妳現在眼裡看得到我嗎？」

躺在床上，我目不轉睛地盯著韓遠送我的手鍊，心情有些複雜。每當我想起韓遠那天凝視我的眼神，心裡就會泛起一股悶悶的感覺，壓得我喘不過氣。

慶功宴過後，學校便開始放春假。

自從何岳不再回家後，我也沒再回去過桃園，要不是媽媽打電話催我回家一趟，我想我大概已經忘了在桃園的家人。我突然覺得有些過意不去，我居然把愛情看得比親情更重。

只不過與台北相比，在桃園的生活真的很無聊，回到家的這幾天我幾乎無事可做，只是每天躺在床上，讓韓遠占據我全部的思緒。

「也許是我在看著妳喜歡何岳的過程中，喜歡上妳了吧。」

自慶功宴後，這句話、連同他說出這句話時的眼神，無時無刻不斷在我腦中重播、重播、再重播……

我將臉埋到枕頭裡。

天啊，我覺得我快要瘋了。

前幾天我鼓起勇氣傳訊息給韓遠，希望可以約他見面，然而他卻像是人間蒸發一樣，不回電話、不回簡訊，完全沒有一絲音訊。

我不知道他上哪去了，也不知道他究竟是發生了什麼事情，在對我說出那些話之後又對我不理不睬，留我一個人胡思亂想，這種讓我不停惴測的心情令我很是心慌。

跟之前喜歡何岳時的那種不明確的感覺好像。

「永斐！」正當我覺得煩躁之際，媽媽拎著一袋水果到我房間，「幫我把這盒梨子送給隔壁的何阿姨，之前有一陣子我常頭痛，她拿了一些從美國帶回來的藥給我，剛好我今天去市場看到這梨子不錯，妳幫我拿給她，順便跟她說聲謝謝。」

「妳很常頭痛？」我皺起眉頭。

我回來的這幾天，媽媽一直都是一副見到我很開心的模樣，完全沒有提到頭痛的事。

「前陣子因為在忙博士生論文的事情太累了，現在沒事了。」

聞言，我忽然覺得自己很不孝，連媽媽的身體不舒服都不知道，只顧著煩惱感情的問題。

這是不是就像韓遠的媽媽所說的，難道我真的非要等到身邊重要的人出事了，才會意識到自己的視線有多狹窄？

「我以後每個星期都會回來陪妳。」

我撒嬌道，原以為媽媽聽了會很感動，沒想到她卻吐槽我：「不用，妳只要好好念書就好了，這學期的成績還可以吧？」

一提到成績，我乾乾笑了幾聲，「還在進步中。」

然後我起身下床，接過媽媽手中的水果，「我拿去給何阿姨。」

走到何岳的家門前，我發現這好像是我第一次在何岳不在家時來他家，距離我上次來到這裡，也差不多已經過了半年了。

正當我準備按下門鈴時，從屋子裡傳出來的音樂讓我停下動作。

我擰眉仔細聆聽，想確定自己沒有聽錯。

這旋律分明是何岳專輯裡的歌。

「我的專輯裡有一首歌是寫給我媽的，可是我的歌她到現在一首都沒聽過，我送給她的專輯，連包裝也都還沒有拆開。」

我想起之前何岳在我家說過的話，心裡有些奇怪。

難道何阿姨一直有在關注何岳，只是拉不下臉承認？

我按下門鈴，裡面的音樂也跟著停止，幾秒鐘後，何阿姨打開大門，我反射性後退了一步，像個偷聽被抓到的小孩。

「喔，永斐。」何阿姨揚起一抹溫柔的微笑，「好久不見。」

「阿、阿姨好！」我連忙回以笑容，並將手中的水果交給她，「這是我媽要我送給妳的，她說謝謝妳給的頭痛藥，很有效。」

「妳媽太客氣了，舉手之勞而已。」阿姨接下禮盒，「幫我跟妳媽媽說聲謝謝。」

「嗯。」我點頭，然後忍不住問：「阿姨，妳剛剛……在聽何岳的歌嗎？」

阿姨先是一愣，過了幾秒才點頭，「嗯。」

「何岳知道嗎？」我皺起眉頭，「妳生日那天，你們吵完架後何岳有來我家，他說他的歌妳一首都沒聽過，他送給妳的專輯也沒拆封，他很難過……」

阿姨的眼神黯淡了下來，低聲道：「他的歌我都有聽，我知道他很努力，可是我沒有辦法支持他，尤其當我得知他最初想進那個圈子的原因之後。」

我嚥了口口水，小心翼翼地問：「是因爲，何岳他爸爸嗎？」

聞言，阿姨瞠大眼，眸中盡是錯愕，我急忙澄清：「何岳什麼都沒有跟我說，是我自己猜的，事實是不是這樣我也不清楚。對不起，我不該問的！」

阿姨沉默了好一會兒，一個字也沒說，這不禁令我有些尷尬，心中更湧起了一股罪惡感，好似自己重重傷害了她，最後她敞開大門，「進來吧，外面不好說話。」

我走進房子，客廳整體來講跟上次我來的時候大同小異，但何岳似乎將很多屬於他的東西搬走了，所以感覺比之前空曠，甚至有些冷清。

阿姨從客廳的書櫃裡抽出一本泛黃的相簿，然後翻到其中一頁，指向照片中的男子，「這是何岳的爸爸，現在是一個很有名的音樂製作人。」

我打量著那張與何岳極爲相似的臉蛋，即使這是二十多年前拍的照片，我依然一眼就認出，那個男子正是李賞月。

「他是我的大學同學，我們都是音樂系的學生。我們都主修鋼琴、熱愛古典音樂，興趣相同，於是很自然地就開始交往了。」阿姨闔上相簿，「原本我們約好畢業後要一起去國外留學，學校也都申請好了，某天他卻突然告訴我，有一個女歌手看上他作的曲子，希望他能夠加入她所屬的公司，幫她製作專輯。」

女歌手……

講到這裡，我忽然想到，李賞月……早已結婚了。

他的老婆是一名歌手，兩人是因爲一起工作而認識的。

「我們爲了這件事情鬧得很不開心，後來他選擇進入娛樂圈，我則選擇出國留學，我們也因此分手了。」她頓了頓，「出國後，我發現自己懷上何岳，可是何岳的爸爸那時已經跟那個歌手開始交往。」

天啊……我目瞪口呆，震驚到完全說不出話來。

「我從來沒有跟他說過我懷孕的事情。那個男人是我一輩子的痛，如果可以，我希望他永遠不要出現在我和何岳的生活裡。」阿姨說：「這也是我反對何岳進演藝圈的原因，我不希望他跟那個男人有所接觸，這情況太複雜了，我根本不敢想像他要是知道了何岳的存在，會有什麼樣的反應。」

我明白何阿姨的痛，也理解她想要保護何岳的心情，可是……

「何岳是眞的很喜歡音樂，也許他並非只是想要找他爸爸，而是眞心想要成爲一名成功的歌手，把他的作品分享給大家。」

「我知道。」阿姨嘆了一口氣，「我也很努力在試著理解他……」

「阿姨……」我抿了抿唇，「何岳他眞的很在乎妳，也很在乎妳的看法，他打從心底希望妳能夠支持他。」

聞言，阿姨的眼眶不禁微微泛淚。

「永妻，如果妳有碰到何岳，幫我跟他說我很想他，讓他有空回家一趟。」

「嗯。」我點頭，也跟著鼻酸了。

何岳，你的努力，你媽媽是有看見的。

你知道嗎？

自從何阿姨跟我講了有關李賞月的故事之後，我每天都忍不住一直想著這件事，我覺得自己彷彿偷偷打開了裝有何岳祕密的盒子，然後怎麼關也關不上。

我也發現，我很久沒有想起何岳了，即便是現在想著有關於他的事情，心境卻跟以前大不相同。

我已經不在乎何岳到底喜不喜歡我，只是還有一些話想要對他說。

我們之間不應該斷在那個點。回想起生日演唱會那天，何岳提到在追夢的路上必須要放棄一些東西時的悲傷眼神，我就好想告訴他，其實他的努力何阿姨都有看在眼裡。

你不孤單，也沒有放棄什麼東西。

我們都還在，一直都在。

同時我也意識到，就算我跟何岳沒辦法成爲戀人，我依然不想要他離開我的世界。他對我而言，永遠都會是一個重要的存在。

沒有何岳的世界不會是黑白的，但也不會是完整的。

✦

春假期間，我決定回高中母校一趟，和以前教過我的老師們打聲招呼。

聽說我發奮圖強考上第一志願的故事，至今仍被班導拿來鼓勵成績普通的學生，害得我都不好意思跟老師說，我當初之所以會用功念書是另有原因的。

算了，被當成傳奇也不錯。

跟老師們聊完後，也已經過了放學時間，大部分的學生早已回家，校園也因此顯得空曠寧靜。我漫步在熟悉的走廊上，回憶著高中時的種種，不知不覺間，我走到學校的琴房，心裡不禁多了一絲懷念。

這裡曾經是我跟何岳每天都會來的地方，充斥著我們許多的回憶，鋼琴聲、笑聲、他看著我的溫柔眼神、他跟汪予葳走在一起的畫面……

只不過，這些都是過去式了。

我不會再執著於這些回憶不放，而是會創造比這更美好的回憶。

我想，我眞的長大了。

然而正當我轉身準備離開時，前方出現的身影讓我愣住了。

我眨了眨眼。

媽呀，我腦中才剛閃過何岳和汪予葳的模樣，怎麼汪予葳的身影仍在我眼前？而且那人影還會動，並露出跟我一樣的驚訝表情。

「孫永斐！」

她喊出我的名字，這時我才猛地意識到，原來這一切不是我想像出來的畫面，那人眞的是汪予葳。

我一怔，下意識的反應是裝作沒看到她，轉身朝走廊的另一端走去。

我愈走愈快，最後幾乎是用跑的。

我也不知道自己爲什麼要逃跑，但我就是不想跟她有任何接觸。

「孫永斐，妳要去哪？」她的聲音在我身後響起，我聽見她的短靴踩在地板上所發出的急促腳步聲，「站住！」

她抓住我的肩膀，令我猛然停下腳步，而她也來不及煞車，整個人撞上我。

「好痛。」我摀住被她撞到的地方，轉身看向她。

「我叫妳站住，妳是聽不懂人話嗎？」汪予葳將長髮撥到肩後，一臉不爽地瞪著我。

「妳叫我站住，我就一定要站住？」她眞是莫名其妙。

可她完全沒有理會我，只是雙手抱胸，質問道：「妳在這裡做什麼？」

「汪予葳，妳到底以爲妳是我的誰？」聽見她糟糕的口氣，一陣怒火湧上我的心頭，「我來學校看看還需要跟妳報備？妳可以來，我爲什麼不行？」

「韓遠都因爲妳而住院了，妳還有心情來學校晃！」汪予葳破口大罵，絲毫不顧及她氣質千金的形象，「我眞不懂，像妳這種又笨又什麼都不會的女生，韓遠幹麼要對妳這麼好，不但爲了帶妳去片場而把自己累到住院，還跟他爸鬧翻……」

汪予葳劈里啪啦講了一大堆，我腦筋卻一時轉不過來。

什麼？韓遠住院了？

「等一下……」

「我早就跟韓遠說過了，妳這個人只知道死巴著何岳，叫他不要理妳，但他偏偏不聽，現在好啦，身體和父子關係都搞壞了，結果妳卻一個人爽爽地在這邊閒晃。」

「停……」

「我警告妳，妳最好離韓遠遠一點，妳這種遲鈍的白痴……」

「Stop!」我大喊，汪予葳被我嚇了一跳，總算停了下來，「妳說韓遠住院了？」

她翻了一個大白眼，像是對我的無知感到可笑，「對，之前他為了妳每天去片場把身體累壞了，可妳生病了居然還傳染給他，而他最近更因為跟他爸鬧得很不開心，整個人太過勞累，春假開始就去住院了。」

我愣住，「我都不知道……」

想起之前韓遠咳嗽以及看起來很疲憊的模樣，我明明有注意到，為什麼沒有追問？為什麼他說沒事，我就真的相信？

我怎麼這麼笨，還以為他是故意不理我，沒想到自己才是罪魁禍首。

「妳不知道的事可多了。」汪予葳不屑一笑，「前陣子余亞琳打妳巴掌的影片就是韓遠流出去的，他爸發現後跟他大吵了一架，至今都依然沒和好，最近甚至還叫韓遠搬出去。他跟他爸的關係本來就不好，現在更因為妳，幾乎可以說是要決裂了！」

我再次愣住。回想起慶功宴那天撞見的場景，韓遠跟他爸爸真的要決裂了嗎？

我不懂，韓遠……你為什麼要對我這麼好？

「孫永婓，我真搞不懂，妳這種笨蛋到底哪裡值得讓男生對妳好？」汪予葳冷笑，「何岳、韓遠……何岳就算了，我當初跟他交往原本就是一個錯誤，他的心從來不在我身上，但韓遠是我的家人，妳最好少去接近他，不然我真的會忍不住揍妳。」

如果是以前的孫永婓，肯定會跟汪予葳吵起來，但現在的我一個字都沒有聽進去，只覺得她罵我的每一句都對極了。我眞的是又笨又遲鈍，一點也不値得韓遠對我這麼好。

而且一聽到韓遠住院之後，我發現自己竟然緊張得要命，活到這麼大，我從沒有爲了一個人的離去而感到如此害怕過，我好擔心他的身體，想要立刻見到他，確定他沒事，然後罵他是個大白痴。

「韓遠住哪間醫院？」

「盛宇。」她說：「妳不准去……」

「汪予葳，我討厭妳，但也謝謝妳。」

謝謝妳，讓我找到了答案。

之後，我丟下一頭霧水的汪予葳，不顧她在我身後大喊，用盡全力跑到校門口招了一輛計程車，拜託司機用最快的速度開到台北。

「答案，等妳想好了再告訴我。」

韓遠，我想我知道要怎麼回答你了。

一下了計程車，我衝進盛宇醫院，裡面人山人海的場景讓我緩下腳步。

我望著牆上複雜的路標，這才意識到，醫院這麼大，我根本不清楚要上哪去找韓遠，汪予葳也沒有跟我說韓遠確切的位置。

我打了一通電話給韓遠，也還是無人接聽，於是我問了一位志工阿姨要怎麼去心臟科，隨後沿著她給的指示找到了電梯。

既然他心臟不好，那我就從心臟科開始找起，如果沒有，那我再去家醫科、急診科……就算要把整間盛宇醫院翻過一遍，我也要找到他！

電梯門緩緩打開，迎面而來的藥水味和寧靜的氛圍令我有些害怕。大概是周遭實在太安靜了，我不自覺放輕腳步，怕自己製造出太多聲音。

我尋找著櫃台，一路上都在思考自己該怎麼詢問才比較有效率。接著一拐過轉角，我便聽見前方走廊傳來一道熟悉的好聽嗓音，伴隨著女生的笑聲。

我停下腳步定神一看，只見韓遠和一名護士正在走廊上聊天。

他身上穿著醫院的病服，衣服在他修長的身軀上略顯寬鬆，又或者是他瘦了，這我不是很確定。他和護士有說有笑，完全沒有注意到我的存在。

一見到他安然無恙，一股莫名的情緒突然湧上心頭，我想都沒想就朝他奔去，並在他毫無防備之下，用力抱住他的腰際。

「韓遠，你這個大笨蛋！」我激動大罵，同時加重了雙手的力道，想要確認他的存在是真實的，不是我自己在幻想。

他的身體猛地一僵，「孫永斐？」

韓遠的雙手騰在半空中，一瞬間有些反應不過來，過了好幾秒，我才感覺到他的手輕輕落在我的背上。

「哇……」一旁的護士小姐睜大眼，露出一個曖昧的竊笑，「韓遠，這是怎麼一回事？我從小看著你長大，好歹也算你半個媽，交女朋友了都不用跟我說？」

「她不是……」他一臉無奈，不知該怎麼解釋。

「那你們慢慢聊，我還有病人要照顧。」護士朝他眨了眨眼後就離開了。

「抱夠了嗎？」韓遠輕嘆了口氣，柔和的眼神中帶著一絲無奈，「孫永斐，妳怎麼會忽然出現在這裡？」

我鬆開手，一臉擔心地觀察韓遠的氣色，他看起來沒有不舒服，也沒有特別虛弱，這不禁讓我心中的重擔放下不少。

「汪予葳說你住院了，而且都是我害的。她說你之前爲了陪我去片場把自己的身體搞壞，我還把感冒傳染給你，又害你跟你爸鬧翻，我聽完整個人緊張到都快哭了，所以才跑來找你，想要確定你沒事……」我將腦中紛亂的思緒毫無邏輯地講出來，韓遠似乎有聽沒有懂，我卻愈講愈愧疚，眼眶開始泛淚。

他輕聲嘆息，拉起我的手，「到房間裡說吧。」

進到單人病房，他將我安置在床上，雙手交叉環抱在胸前，「把話好好說清楚，予葳到底跟妳講了些什麼？」

「她說你住院了，而且全部都是我害的。」我低下頭，沒臉見他，「之前你爲了幫我，每天去片場，我還把感冒傳染給你，害你住院。」

「還有呢？」

「她說你因爲余亞琳的事情跟你爸鬧翻、累壞身體，罵我是個大麻煩。」

韓遠沉默了幾秒，「她講的不完全是錯的……」

「對不起……」我的頭已經低到不能再低了。

他又嘆了口氣，完成整個句子，「但也不完全是對的，她太誇張了。」

我抬起頭，雙眼對上他無奈的黑眸。

「我之前說過，我本來就打算去片場觀摩，幫妳只是順手之勞，而且觀摩和感冒都是好幾個月前的事了，我如果眞的累壞身體，不可能拖到現在才住院，這用腦袋想一想就知道了。」

聞言，我發現我的邏輯好像眞的有些問題。

「那你爲什麼住院？」我皺眉，「汪予葳說你跟你爸鬧翻，所以——」

「因爲我每年這個時間都會定期回來做心臟檢查。」

我愣了愣，「就這樣？」

「就這樣。」

「那你爲什麼搞失蹤，不接我電話，也不回我簡訊？」

「我的手機壞了。」見我一臉不相信的樣子，韓遠從床頭櫃的抽屜取出手機，「自己看吧，我沒騙妳。」

瞪著殘破不堪的手機，我睜大眼，「天啊，你是怎麼摔的？」

「不是我，是我爸。」他的眼神黯淡了下來，「慶功宴那天之後，我們又大吵了一架，他一氣之下就拿起我放在桌上的手機用力往牆上砸，我到現在還沒有時間拿去修。」

「汪予葳說，你爸因爲影片的事情，要你搬出家裡……」

「不是他要我搬出家裡，是我自己想搬出去。」韓遠搖頭，「我們住在一起，幾乎每天都在吵架，而且我也不想再看到他每個星期帶不同的女人回來了。總之，不是因爲妳。」

雖然韓遠的語氣很平靜，但我知道他是不希望我自責，才故意把事情講得如此輕描淡寫。

「我到底哪裡值得你對我這麼好？」我語氣有些哽咽。

「我也不知道。」韓遠輕聲道，嘴角揚起一抹無奈的微笑，「但喜歡一個人，不就是這樣嗎？很多時候，爲對方做出那些事，你自己也搞不清楚爲什麼。」

我知道。我知道喜歡一個人就是這樣，因爲我曾經也那樣喜歡過一個人。

望著韓遠沒有一絲虛假的黑眸，我發現此刻我心中的悸動，比我以前喜歡何岳時的感覺更加強烈，因爲這不是我單方面的愛慕，我和韓遠的感情是互相的。

「我不是對每個人都這麼好的，孫永妻。」他挑眉。

「我知道。」我站起身直視他，接著深呼吸，「慶功宴那天，你說等我想好了再回答你……」

韓遠瞅著我，似乎也猜不到我接下來要做什麼。

「這就是我的答案。」語畢，我也不明白自己是哪來的勇氣，一個箭步上前，閉上眼將我的唇貼上他的。

直到我察覺自己莫名依賴韓遠、爲他的消失感到心慌，以及對他爲我所做的一切心生感動，我才赫然明白，原來我早已習慣了他的陪伴，也不想讓他離開我的世界。

我喜歡他。

從他身邊抽離後，我立刻害羞地低下頭，一陣熱流攀上我的雙頰。

天啊，我眞的是瘋了，居然霸王硬上弓，我突然好想挖個洞把自己埋起來，眞的太丟臉了。

韓遠睜著眼，像是依舊處於驚訝之中。

正當我尷尬地想要開口爲剛才的舉動做出解釋，韓遠忽然一把將我拉向他，然後捧住我的臉，低頭吻上我的唇。

我瞠大眼，這回換我愣住了。

韓遠的吻有些霸道，主導權全在他手上，跟方才我那蜻蜓點水般的吻不同，只一瞬間，我便完全失去思考的能力，只是任憑他吻著我，心臟愈跳愈快，有種快要窒息的感覺。

良久之後，他離開我的唇。我感覺身體軟趴趴的，要不是他的手仍摟著我的腰，我可能連站穩都沒辦法。

「韓遠……」媽呀，我現在覺得連喊他的名字都好害羞。

「我很在乎妳。」他溫柔地凝視我，「我希望妳知道這一點。」

然而，面對他動人的告白，有一個想法突然闖入了我的腦袋。

「你在乎我……」我抿了抿唇，小心翼翼地問：「應該不是因爲我跟你媽很像吧？」

我見到韓遠的眼裡多了一抹不可置信，好像無法相信我竟然會在這麼浪漫的時間點，問出如此愚蠢的問題，他瞇起眼，嘴角勾起一抹壞笑，「妳說，我會對媽媽做出我剛才做的事嗎？」

「哈、哈哈……」我的臉頰迅速發燙了起來，「好像不會。」

沒辦法，誰叫我至今依舊無法忘懷他那句「妳讓我想起我媽」。

不過，不管這個問題有多笨，聽到他的回答後，我還是不由自主地開心起來，至少我確定了，這不是我在自作多情、胡思亂想。

韓遠已經成爲我生命中很重要的人，而我對他而言也是一樣。

「韓遠，謝謝你。」我踮起腳尖，雙手環抱住他的脖子，嘴角忍不住上揚。

謝謝你，來到我的世界。

此刻我可以清楚感受到他身上的氣息、回抱著我的力道，以及透過衣服布料傳來的凌亂心跳，溫柔的氛圍徹底包覆住我，一切都是那樣的眞實。

沒有跟何岳在一起時的那種曖昧不明的感覺，也沒有一絲讓我感到心慌的悶感。

我清楚知道，這是我可以伸手抓住的幸福。

屬於我的幸福。

我的世界如同那天在山上盛開的花海一樣，美麗又璀璨。

儘管沉浸在美好之中，我知道我還有一件事情要做。

有一個缺口依然等著我去填補。

第二次來到MEC娛樂，我的驚豔程度並不比第一次來得少。

昨天我傳了一封簡訊給Jason，問他我是否可以來公司找何岳，本以為Jason會拒絕，沒想到他很乾脆就答應了，還把何岳的行程告訴我。

自從生日演唱會之後，我跟何岳便失去了聯絡。或許是因爲我們都怕尷尬，所以過去幾個月都沒有主動聯絡對方，一開始我心想也許這樣也好，但現在我有好多話想對他說。

走到電梯前，我聽見大廳正播放著蕭邦的夜曲，這讓我想起上次在這裡遇見李賞月的事，以及何阿姨跟我說的故事。

我想起何岳那複雜的眼神，將故事拼湊起來後，心中忍不住泛起一抹心疼。

爲他、爲何阿姨、爲這糾結的關係……

何岳，追求夢想的這條路太辛苦，你不能一個人，也不需要一個人。

因爲我們都不會離開，也不會離開。

我按下六樓的按鈕，Jason說何岳這幾天會待在錄音室寫歌，畢竟宣傳期和微電影都已經告一個段落了，這也代表他終於可以喘口氣，不需要每天跑活動。

我走在偌大的樓層裡，沿路經過許多錄音室和練習室。

一直以來，我只能透過何岳的描述和電視劇來想像經紀公司內部的模樣，如今總算能夠親眼見識一番，果然有種很專業的感覺。

Jason說何岳習慣在底端轉角的錄音室寫歌，因爲只有那間房間有窗戶，可以直接眺望台北市的景色，讓他更有靈感。

來到錄音室前，我站在門外，聽見裡面傳來唯美的鋼琴聲。

我深呼吸，手擺好敲門的動作，卻遲遲下不了手。

我突然有了一點想要逃跑的衝動，不過一想起何阿姨懇求的眼神，我就沒辦法辜負她的期望，於是我敲了兩下門，鋼琴聲瞬間止住。

我做好準備後就推門而入，迎面而來的空調讓我感到一陣清涼，而何岳坐在鋼琴前，背對著我。

「Jason，我今天沒什麼靈感……」他慢慢回過頭，一看見是我，他不禁一愣，眼中多了一些驚訝。

「何岳。」

我不知道已經多久沒有說出這兩個字了，有那麼一瞬間，我居然覺得這個以前每天被我記掛在心上的名字變得好陌生。

原本我怕我再次看到何岳之後，會無法掌控情緒，卻沒想到此刻的我異常冷靜，沒有一絲緊張或顧慮，反而思緒格外清楚，明白自己該做些什麼。

「永斐……」何岳起身朝我走來，「妳怎麼會在這裡？」

他在我面前停下，眉頭微皺，似乎有些擔心。

「我有話要對你說。」我深深吸了口氣，不給他回應的空檔，「對不起，之前是我太任性了，我一心只想著自己，完全沒想過你在演藝圈闖蕩是多麼辛苦，心裡又藏了多少你沒提過的苦衷。」

他像是沒料到我會這麼說，一瞬間有些反應不過來。

「何岳，我知道李製作是你的爸爸，也知道他是你想要進演藝圈的原因之一。」話一說出口，何岳的眸中立刻被錯愕占盡，我連忙補充：「是何阿姨告訴我的。」

良久，他才淡淡地道：「嗯。」

這短短的一個字，卻完整表達出他對這件事情的感受。

他已經沒有任何多餘的話可說了。

「何岳，你媽媽很想你。」我說：「前幾天我去你家時，阿姨正在聽你的歌，她其實一直都有在關注你，也知道你很努力在爲夢想打拚，她只是拉不下臉告訴你……」

聞言，他微微睜大眼，彷彿對此完全不知情。

「她跟我說有關於你爸的事情時，我看得出來阿姨被傷得很深，傷口到現在還在痛。她其實是想要保護你，不想讓你捲入這複雜的關係，才會那麼不支持你的夢想。」我望著何岳，愈講愈心酸，「可是她眞的很在乎你，我希望你知道，她一直都在你身邊。」

何岳沉默不語，一陣寂靜籠罩著我們。

過了許久，他才低聲道：「我知道。」

他嘴角揚起一抹淺淺的笑，似是要我別爲他擔心，殊不知這個笑容在我看來是多麼牽強，這樣的溫柔反而讓我更心疼他。

「還有，我也會陪著你，以朋友的身分。」我直視著他的雙眼，沒有一絲閃躲，「上次你說，在追夢的途中必須要放棄一些東西。而我想說的是，你沒有放棄我，就算你想，我也會緊緊巴著你的，你對我來說眞的很重要，我不想失去你。」

何岳一愣，我到目前爲止所說的每一句話都出乎他的預料之外，他輕輕一笑。

「謝謝妳，永斐。」他好聽的聲音迴盪在錄音室內，眼神柔和地看著我，「妳是我人生中不可或缺的人，我從來就沒有想過要放棄妳。」

聽他這麼說，以前的我肯定會因此小鹿亂撞，但現在的我只是單純覺得感動。

就像家人之間互相珍惜一樣，也許我跟何岳本來就應該是這樣，以朋友、家人的身分互相扶持。我們之間有一座天秤，只要天秤往其中一邊傾斜，就會完全崩塌。

我忽然明白那天何岳阻止我告白的原因。

有些話，一旦說出口，就收不回來了。

所以，他才要我別告訴他，我喜歡他。

因爲這樣，他就必須親口拒絕我。

親口說出他不喜歡我。

「永斐，我這陣子想了很多，關於我生日那天的事情，我始終覺得很抱歉。」何岳望著我，「其實一直以來，我對妳的感覺……」

「噓。」不等何岳說完，我打斷他，「別告訴我。」

他愣住，沒料到我會有這樣的舉動。

「那天我沒有告訴你我的祕密，所以準確來說，什麼事情都沒有發生，對吧？你不需要對我解釋，也不用對我感到抱歉。」我笑了笑，「我現在對你的感覺就像家人一樣，是我生命中非常重要的存在，就讓我們維持現在這樣，不多也不少，好嗎？」

他張口，卻沒有出聲，眼中閃過一抹我沒有捕捉到的複雜，最後他輕吐了一口氣，然後淺淺一笑，並點頭。

「嗯。」他眼神柔和，「謝謝妳，永妻。」

「笨蛋。」我搥了他的手臂一下，上前輕輕抱住他，「以後如果有發生像是找到你爸這種大事，一定要跟我說，知道嗎？不要自己一個人承擔。」

「我知道了。」我耳邊傳來何岳溫柔的聲音。

繞了一圈，我們還是回到了原點，但幸好最初的景色，本來就是美好的。

八歲那年，何岳來到我的世界，然後我就再也無法讓他離開。

因爲他是我生命中重要的人。我的家人。

何岳，謝謝你給我一段深刻的初戀。

但從今以後，我的世界不會再繞著你轉了。

全文完

番外
我的爸爸

「何岳，想爸爸的時候就彈〈月光〉……這樣在月球上的爸爸就會知道你在想念他。」

在我還很小的時候，我一直以爲我的爸爸是名太空人。

媽媽說爸爸在我出生前就出發去外太空，照時間推算，現在應該已經抵達月球。

Piano Sonata No. 14 in C-sharp minor, Op. 27 No. 2，貝多芬的〈月光奏鳴曲〉，這是爸爸最喜歡的曲子，也是我和他之間的暗號。

媽媽總是告訴我，爸爸正在爲人類的歷史撰寫新的一頁，是個英雄，也因爲如此，我一直很崇拜我爸爸，即使我從來沒有見過他。

「你是個騙子。」我記得在小學一年級的某天，班上的Andy在全班面前對我這麼說，「你說你爸爸是NASA的太空人，那我問你，他叫什麼名字？」

瞬間，我被堵得一個字也說不出來。

爸爸的故事我聽了不止上百遍，次數多到故事的每個細節我都記得清清楚楚，唯獨一樣東西我到現在還是不知道。

那就是爸爸的名字。

「騙子！」Andy又指著我的鼻子罵：「我沒說錯吧，你爸才不是什麼太空人！」

那天我跟Andy在學校大打了一架，因爲他侮辱了我尊敬的爸爸。然而，儘管表面上我很生氣，心裡的某處卻很清楚Andy是對的。

媽媽她一直都在對我說謊，我的爸爸根本不是太空人。

爲什麼媽媽要騙我？

我的爸爸是誰？

他還活著嗎？

他在哪裡？

那天從學校返家的途中，我腦中不停反覆地想著這些問題，卻怎樣也想不出答案。原本我打算回到家後直接問媽媽，可是打開家門後，我卻沒有見到那平時總會出來迎接我的身影。

環顧了一下四周，客廳裡也沒有人。

媽媽是一名鋼琴家，平時在樂團工作，同時也兼任鋼琴家教，學校裡有許多同學都是她的學生。我明明記得今天樂團休息，媽媽也沒有課要上，她應該會在家才對……

我朝臥室的方向走去，發現主臥室的門沒有完全關上，透過房門的縫隙，我瞥見媽媽坐在大床的邊緣，手裡翻閱著一本泛黃的相簿。

雖然我只看得到媽媽的側臉，但從她複雜的眼神中，我看見了濃厚的思念。

忽然，媽媽止住翻閱的動作，視線停留在當前的照片上許久，那雙平時總是在黑白琴鍵上自在遊走的手輕輕拂過照片，動作非常輕柔。

我看見媽媽的眼中多了一股悲傷，淚水慢慢在她眼眶裡堆積，而她眼睛輕輕一眨，眼淚便沿著她的臉頰滑落，如同斷了線的珍珠，怎麼樣也止不住。

窺見這一幕，我反射性地從門邊抽離，彷彿不小心看到了什麼不該看的。

媽媽是我見過最堅強的人，在我面前，她永遠都是那麼溫柔地笑著，我從沒見過她掉過一滴眼淚。

我忘了那天我在房門外的牆上靠了多久，我只記得，媽媽的啜泣聲持續了好長一段時間，我幾乎可以聽見眼淚落在相簿上的聲音。

心，好像有什麼被抽走了一樣。

我明白，我要的答案就在那本相簿裡。

只是一直到多年以後，我依舊沒有勇氣揭曉。

我繼續彈著〈月光〉，但再沒有問過媽媽，我的爸爸是誰。

✦

由於媽媽是鋼琴老師的關係，我的生活始終充滿了音樂的影子。

三歲開始學鋼琴，四歲學小提琴，五歲接觸莫扎特和貝多芬。

很多人都說我遺傳到媽媽的音樂天賦，將來一定會跟媽媽一樣走上音樂這條路。雖然我很崇拜媽媽，可是隨著我慢慢長大，我總覺得我和媽媽的音樂理念有些不同。

媽媽喜歡叫我彈蕭邦或貝多芬等古典音樂家創作出的知名曲子，她說那是學鋼琴的基礎。

儘管我不討厭蕭邦或貝多芬，不，應該說我其實很喜歡古典音樂，但每次練琴的時候，心裡總是覺得好像缺了點什麼。

而這個缺口，一直到了我國中時，我才明白那到底是什麼。

我發現我對音樂的旋律特別敏感，有些時候我彈著蕭邦或貝多芬的曲子，最後卻彈出另一個全新的調子，還經常有源源不絕的靈感，在琴房一待就是好幾個小時，而且時常有事沒事就會哼起歌來，流行曲或是一些隨意的調子都有。

我聽歌的時候，也不只是聽一個整體的感覺，而是將歌曲拆成許多部分，從樂器、旋律，再到後製，我總是在腦中想著各種不同的旋律組合，想著要如何從零譜出一首完整的曲子。

久而久之，我不再彈蕭邦、不再彈貝多芬，我開始創作屬於我自己的曲子。

不過即便如此，我也沒有想過要當一個歌手，我喜歡唱歌，可是我沒有想要追求名利或是眾人的目光，那太複雜了。

事情有了轉變，是在國三那年。

我迷上了一個叫做方山雨的歌手。他是一名創作型歌手，會填詞也會譜曲，但我喜歡他歌曲的旋律多過於歌詞，他的曲子不論是編排或後製都充滿音樂性和意境，是那種聽了會在腦海中浮現出畫面的音樂，而在這過程中，我發現他的曲子多是由同一個人製作的。

那個人叫做李賞月，是台灣知名的音樂製作人。

好像也是從那個時候開始，我逐漸從方山雨的歌迷變成了李賞月的粉絲。我開始關注他製作過的歌曲，以及他的音樂理念：保留音樂最原始的質感，也就是樂器本身的聲音。

所以只要是由他製作的歌曲都沒有太多的電音後製，在這個所有東西都被科技改變的時代，我特別喜歡這種保有音樂性的歌曲。

同時，我發現李賞月他不僅很有才華，更是一個風趣的人，在節目或是專訪中的談吐總是大方又幽默，而且不知道爲什麼，他給我一種很親切的感覺，明明我們素昧平生，我卻感覺自己彷彿認識他多年一樣，與他也有許多共同點。

雖然我從小接觸音樂，但似乎是從這個時候，我對音樂的熱忱才眞正被激發。

我開始認眞思考，也許未來可以走音樂製作這條路，成爲和李賞月一樣的音樂人，讓別人聽著我的歌、唱著我的曲。

✦

某天我在琴房練習時，媽媽突然破門而入，通常在我練琴的時候，她都不會打擾我，這是她第一次這麼做。

「……何岳，你在彈什麼？」

我永遠都忘不了，當時媽媽臉上努力壓抑著的驚慌，以及眼中的錯愕。

「喔，沒什麼。」我笑了笑，語氣輕鬆地說：「偶然在電視上聽到的一首歌，覺得旋律滿好聽的，於是就彈彈看。」

那是李賞月在他學生時代創作的一首曲子，聽說是寫給他當時的女朋友，算是他的出道之作。歌曲中結合了許多古典音樂的元素，因此即使它的年齡比我還大，我還是一聽就愛上了，決定練習看看。

聞言，媽媽沉默了好幾秒，嚴肅道：「以後不准再彈這首歌。」

儘管我有些納悶，但當下我並沒有多想，只單純以爲是媽媽不喜歡我彈流行音樂，然而隨著時間流逝，我發現每次只要我聽李賞月作的歌或是彈他的曲子，媽媽就會特別不開心。

爲了這件事情，我們經常吵架，而且愈吵愈凶。

「妳到底爲什麼這麼生氣？」某次當媽媽直接衝進我的房間，把音樂關掉時，我實在是忍不下去了，從小到大，我從來沒有跟媽媽大聲過，這還是第一次。

媽媽像是被我的音量嚇到，頓了幾秒才冷冷道：「沒有爲什麼。」

「我喜歡音樂到底哪裡錯了？」我愈想愈不解，「妳爲什麼這麼討厭我聽他的歌？」

她不語。

「嗯？」我皺眉，她的沉默只讓我更加納悶。

我們爲此幾乎每天爭吵，她卻連原因都說不出來？

「何岳，我做的每件事都是爲了保護你。」她臉上沒有太多表情，眼中卻帶著我看不懂的黯淡，「這麼多年來，我爲了你放棄多少東西，你一輩子都不會懂的，我只求你一件事，別再聽他的歌了，可以嗎？」

媽媽離開後，我腦中不停反覆想著媽媽的這番話。

是啊，媽媽爲了我，到底放棄了多少？

夢想？愛情？

可是這些跟我喜歡音樂、喜歡李賞月的作品又有什麼關係？

我想不通。

記得那天晚上，我在床上翻來覆去卻怎樣也睡不著，最後我從床上起身，打算去外頭散散心，但一出房門，我便注意到樓下客廳的燈是亮著的，我站在二樓，瞥見媽媽坐在客廳的沙發上，微弱的啜泣聲在寧靜的夜裡顯得格外響亮。

然後，我注意到她膝上那本熟悉的相簿。

經過歲月的歷練，相簿似乎比我上次見到時更加老舊。

「阿月……」

我聽見媽媽輕聲叫喚這個名字。

那瞬間，我感覺自己的心涼了一半。

「阿月……」

我想起小時候無意間看到媽媽對著照片痛哭的場景，一個想法驀地閃過腦海，可我告訴自己，那是不可能的。

怎麼可能……

阿月不可能是那個人吧？

那天晚上，我失眠了。

而且直到隔天，我依然魂不守舍，腦中想的盡是這件事情。

小時候的我沒有勇氣揭開眞相，那長大後的我呢？現在的我準備好了嗎？我不知道，但同時我也明白，我沒辦法再壓抑這股好奇心了。

我需要一個答案。

於是那天放學回家後，我趁著媽媽還在工作室忙碌時進到她的臥室，將整個房間翻了一遍之後，我終於在床底下的一個鐵盒子裡找到了那本相簿。

望著那泛黃的封面，我的心跳突然開始瘋狂加速，拿著相簿的手也顫抖不止。我戰戰兢兢地翻開第一頁，映入眼簾的照片好像是在媽媽大學時期拍的，照片中的媽媽笑得開懷，充滿了二十歲時青春活潑的樣子，和現在溫柔慈愛的她感覺很是不同。

我繼續翻著相簿，裡頭大多是她和朋友的團體照，然而下一秒，一張媽媽和一名男子的合照讓我愣住了。

那張照片有著被淚水浸濕後又乾掉的痕跡，那一刻，我覺得自己彷彿忘了怎麼呼吸，兩眼盯著照片中的男子許久，整個人被錯愕淹沒。

媽媽的手裡捧著一束鮮花，笑得很燦爛，男子則一手摟著媽媽的腰，動作親密，兩人一看就知道是對情侶。

雖然這張照片是十五年前拍的，那個人卻完全沒變，我一眼就認出他來。

「阿月……」我愣了愣，喃喃道：「李賞月……」

那瞬間，我忽然明白了許多事情。

不論是李賞月給我的莫名親切感、小時候媽媽對我說的謊言，或是她反對我聽他的歌的理由，我好像都懂了。

原來，我的爸爸不是太空人，他是音樂家。

他不在月球，他在台灣。

也是從那個時候起，我發現自己對於音樂的熱忱再也無法被壓抑，彷彿這條路本來就是我命中注定該走的路，於是我決定成爲一名歌手，創作出一首動人的曲子，大街小巷都會播的那種。

因爲只有站在聚光燈下，他才會注意到我。

我的爸爸。

番外
我的太陽

「永斐，跟哥哥打個招呼。」

直到現在，我依舊清楚記得那天的場景。

即將升上小學三年級時，媽媽告訴我：「我們要搬回台灣了。」也是到那個時候我才知道，原來台灣才是我眞正的故鄉。

媽媽說，她終於要實現她的夢想，開一間屬於自己的音樂教室，所以那年暑假我和媽媽打包行李，離開我從小生長的洛杉磯，回到了叫做「家」的陌生城市。

我記得來到桃園的那天，我們還沒進到剛蓋好的新房子裡，住在隔壁的阿姨就跑來打招呼。

阿姨給人的感覺很親切，但令我印象深刻的卻是阿姨旁邊的小女孩，她一臉不開心地瞪著我，彷彿我害她錯過了什麼重要的事情似的，尤其當阿姨要她和我打招呼時，她心中的不甘願完全反應在臉上，我從來沒有見過這麼好懂的人。

「我叫何岳，請多指教。」

於是，我主動向她打招呼。

見狀，她一愣，方才不情願的表情一掃而空，眼睛盯著我看了好幾秒，才一臉尷尬地回握住我的手，然後滿臉通紅地低下頭，好像有點害羞了。

「……我叫孫永斐。」

她的情緒全寫在臉上。

從那個時候我就知道，她是一個不會說謊的人。

在我眼裡，孫永斐是一個很帥氣的女生。

猶記得我剛轉學到班上的時候，她身旁總是圍繞著許多同學，很受歡迎。也許是因爲她個子比較高的關係，給人的感覺很有氣勢，尤其當她在我被班上的小胖攻擊，挺身而出後，對於剛回到台灣，對所有人事物都不熟悉又害怕的我來說，簡直帥慘了。

不過後來她說，帥是用來形容男生的，所以我默默下定決心，我要變帥、變強，這樣以後她就不用再保護我，換我保護她。

自從我們成爲朋友後，我每天都很期待能夠跟她一起上下學，聽她講她家發生的趣事、班上的八卦、她那群女生朋友之間的小祕密。然而在我們升上四年級之後，每天上下學的途中她不再和我分享事情，反而經常一臉悶悶不樂，一點也不像我認識的孫永斐。

後來我才知道，原來是她爸媽的感情最近似乎變得不太好，由於我們兩家就住在隔壁，我晚上甚至時常可以聽到他們的爭吵聲。

「妳如果心情不好，可以來我家。」

我對她這麼說，接著不久後的某天，她哭著出現在我家門前，說她爸媽要離婚了。見到她哭泣的樣子，我心裡很心疼她，雖然她平時的性格很直率大方，不像其他女生一樣扭扭捏捏，但內心還是很細膩脆弱的。

「為什麼大人這麼自私？」她問我。

我想起當初發現媽媽的謊言時，我也曾問過自己這個問題。

為什麼媽媽要騙我？

可是後來我才發現，我以為的自私，其實是媽媽保護我的方式。

所以我帶她來到我的琴房，並彈奏〈月光〉給她聽，我到現在還清楚記得，當我彈完曲子看向她時，她那副看得出神的模樣。

然後我告訴她，我爸爸的故事。

我從未跟任何人提起過爸爸的事情，因為在內心的某處，我其實很害怕其他人異樣的眼神，就像當初 Andy 說我騙人時一樣，但是在她面前，我卻沒有絲毫顧慮。

因為，我相信她。

「不過我想跟妳說的是，妳比我幸運很多。或許妳爸媽不愛對方，可這並不代表他們不愛妳，也許他們選擇分開是為了妳好，因為他們不想讓妳再繼續每天身處於爭吵中。就算他們離婚，他們還是妳的爸爸媽媽，這一點是永遠不會改變的。」

就像我知道，即便我沒有爸爸，媽媽給我的愛也不會減少一樣。

「而且，妳不會孤單，因為妳還有我。」望著她明亮的雙眸，我講出了我這輩子的第一份承諾，「永斐，我會一直陪著妳的。我保證。」

長大後，我依舊記得那天孫永斐注視著我的眼神。

驚訝、感動……全寫在她臉上。

如今回想起來，也許是從那個時候，我就喜歡上了她看著我的樣子，我想她大概永遠都不會發現，她看著我的眼神總是閃爍著光芒，彷彿我是她的太陽一樣。

但她不知道，其實是她照亮了我的世界。

她才是我的太陽。

✦

「何岳，你跟孫永斐到底是什麼關係啊？」

從國中開始，便常常有人問我這個問題。從小學三年級起，我和孫永斐每天都一起上下學，久而久之，這已經成了我們之間不變的習慣，可從旁人的眼裡看來，似乎很容易引發遐想。

我跟孫永斐是什麼關係？

朋友？青梅竹馬？

「她住我家隔壁。」

存在。

然而，我卻總是輕描淡寫地解釋我們之間的關係，即使對我來說，她是一個很重要的存在。

「就這樣？你們沒有互相喜歡？」

我沉默不語，這個問題的答案其實我也不知道。

喜歡是什麼？

自從上了國中，我偶爾會收到一些學校女生的告白，她們說喜歡我，但我想不明白她們喜歡我的什麼，甚至有許多和我告白的女生，我根本不認識她們。

對於陌生的我，她們卻能說喜歡，即便我跟孫永斐認識多年，我也不敢輕易斷定我對她的感覺究竟是什麼。

但我很清楚地知道，我習慣了她在我的生活裡。

習慣了每天早上看到她一臉沒睡醒的模樣。

習慣了她有事沒事就跑來班上找我，在教室窗外對我揮手的樣子。

習慣了我教她學校課業時，她一臉崇拜的表情。

習慣了她要我彈鋼琴給她聽時，閃爍著光芒的眼神。

習慣了她少根筋的個性，有話直說，什麼事都寫在臉上。

直到後來我才明白，其實這就是喜歡。

我習慣了她在我的世界裡，並希望她能夠永遠待在那，不要離開。

我想，如果國三那年我沒有發現媽媽隱瞞多年的祕密，我跟孫永斐應該是會在一起的。

只不過，當我下定決心要走音樂這條路，並且開始跟一些經紀公司聯繫之後，我便知道在追求夢想的途中，我必定要放棄一些事物。

所以我在高一下學期交了一個女朋友，她叫汪予葳，是學校的校花。

我希望，永斐能夠先放棄我。

她什麼事情都寫在臉上，包括她對我的心意也是如此。她以爲自己隱藏得很好，殊不知她是我見過最好懂的人，每次看到這樣的她，我心裡就會泛起一股心疼，卻又要假裝自己什麼都不知道。

我明白她總有一天會對我說出那四個字，但是我們沒辦法在一起，因爲在我踏入那個圈子之後，我就給不起她想要的，如果只是單純因爲喜歡就在一起，那太自私了。

對我而言，孫永斐是一個很重要的存在，如果可以，我希望她能夠永遠不要離開我的世界。

可是，我太了解她的個性了。

她是個怕尷尬的人，因此我寧願她永遠不告訴我她對我的感覺，以朋友的身分一直待在我的世界，也不要因爲我們做不成戀人，而變成陌生人。

「你喜歡孫永斐吧？」

高三跟汪予葳分手的時候，她這麼問我，我沒回答，只是和她說了一聲對不起。

那天，我在琴房彈了一首歌給孫永婓聽。

那是我寫給她的曲子，可我沒有告訴她。

因爲就在幾天前，台灣最大的娛樂公司MEC聯絡我，說希望能跟我簽約，幫我發行創作專輯，我離夢想愈來愈近，卻也同時代表，我跟她的距離將會愈來愈遠。

後來，我幫那首曲子塡上歌詞，成爲我專輯的主打歌。

「你寫〈別告訴我〉這首歌，是因爲汪予葳嗎？」她問。

「……可以這麼說吧。」

我想，我還是不打算告訴妳，那首歌其實是寫給妳的。

別告訴我，妳喜歡我，這樣我們才能永遠存在於彼此的世界中。

孫永婓，我喜歡妳。

但我永遠不會告訴妳。

番外
晚宴前

才剛打開家裡的大門，從前方客廳傳來的男女呻吟聲便讓我感到全身不舒服，即使我兩耳塞著耳機，音量也已經調到最大聲，可他們的聲音卻彷彿能在音符的空隙間遊走，讓我聽得一清二楚。

我深吐了一口氣，關上門。

我朝客廳走去，果然在沙發上看到一男一女的身影，女人跨坐在男人的大腿上，兩人吻得火熱，身上的衣服早已脫了一半，完全沒有發現我的存在。

也許是因爲每個星期都上演著同樣的戲碼，雖然每次的女主角都不同，但我也習慣了，我就這樣站在原地看著那兩人，一點感覺也沒有。

不知道過了多久，女人終於注意到我，她嚇了一大跳，「你是誰！」

見狀，我忍不住冷笑一聲。

這裡到底是誰的家？

定睛一看，她的臉有點面熟，似乎是個模特兒，也是公司目前正在拍攝的電影裡的女配角。

眞是一點也不意外，上星期他帶回來的女人好像也是同一個劇組的，看來現在要拍

BC的電影需要的不是實力，而是要符合老闆喜歡的類型。

「我兒子。」父親幫我回答，慢條斯理地扣好襯衫的鈕子。

「你兒子？」女人愣住了，接著便被尷尬淹沒。

只見她迅速從父親身上抽離，整理了一下儀容，然後俯身抓起沙發上的風衣，不到一分鐘，她就已經消失在我的視線，客廳裡也恢復了寧靜。

「下次如果要在外面做，可以事先跟我說，免得尷尬。」

「我都不怕尷尬了，你有什麼好介意的？」他挑眉，口氣帶著些挑釁。

「我是說對方。」我平淡道。

半裸著被老闆的兒子親眼目睹，我想她現在應該很想死吧。

聞言，他笑了幾聲，我聽不出他笑中的涵義，而他似乎也沒有想要繼續這個話題，只是從口袋的菸盒裡拿出一根菸點燃，毫無顧忌地在家裡抽起菸來。

「明天的晚宴，你沒忘吧？」

白煙瀰漫在我們之間，刺鼻的味道讓我皺起眉頭。

我沒有回答他。雖然我沒忘，可是我一點也不想出席那種虛偽的場合。

「又想缺席？」見我沒說話，他尾音上揚，語帶嘲諷，「沒當上醫生是你的事，但別把我的事業當成遊戲來玩，明天的晚宴很重要，記得準時到。」

語畢，他走向陽台，到外頭將菸抽完。

回到房間，我深吐出一口氣，明明已經遠離了他和那股難聞的菸味，胸口的滯悶感卻更加強烈，有種喘不過氣的感覺，從抽屜裡拿出每天必吃的藥，我耳邊不禁響起剛才父親說的那些諷刺話語。

「沒當上醫生是你的事，但別把我的事業當成遊戲來玩。」

即便我們從來就不是感情好的父子，我也早已習慣他的酸言酸語，但每次只要一提起醫生這件事，我就無法克制那股失落感在心中蔓延。與此同時，我的思緒不由自主地回到大一在學校實驗室昏倒的那天，醒來時汪叔叔在醫院跟我說的話。

「小遠，你的命可以算是我拚了我的命救的……我從小看著你長大，就讓我自私地要求一次，雖然我知道你是真心想當醫生，可與其看你玩命追求夢想，我更希望你能夠平安活下去。」

有些時候我常想，爲什麼老天要給我一副如此虛弱的身體，硬要我在生命和夢想中選一個，雖然我選擇了活下去，但轉到企管系之後，我常問自己：我眞的想要繼承父親的事業嗎？

從小在這個圈子長大，我很清楚父親的爲人處事、他的生意之道和演藝圈的黑暗面。例如，在爸媽離婚前，某些女藝人明知道父親已有家室，卻依舊上他的床、進他的家，就算每個星期都上娛樂新聞的頭版也無所謂……這樣的生活，我不確定是不是我想要的。

我輕嘆了一口氣。

一想到明天的晚宴，還有那些追求名利的人花枝招展、阿諛奉承的樣子，我就感到渾身不舒服，往年的晚宴我總是缺席，但是今年……

也許，我該給這個選擇一個機會。

是吧？

晚宴前的一個小時，我打量著鏡中穿著西裝的自己，覺得有點不習慣。

小時候住院時總是幻想自己長大後成爲醫生、穿著白袍的樣子，沒想到現在反而要踏入以前我最看不起的圈子，想起來還眞是諷刺。

剛才回到家的時候，我又看到了昨天的女人，看來她是父親今年晚宴的女伴，我想這大概也是她演藝事業的巔峰了。她打扮得很豔麗，是父親喜歡的標準類型，然而今天的她沒了昨晚的尷尬，見到我也只是微笑點頭，表現得泰然自若，彷彿自己已經成爲這裡的女主人。

我想她大概不清楚，演藝圈裡有一半的女藝人都來過這個家，但這個家沒有女主人，我想也永遠不會有，就連像我媽那樣用盡生命、眞心愛著他的人，他都可以如此踐踏，可想而知我爸他從來就不打算爲任何人停留，只想一輩子在花叢裡打轉。

放在桌上的手機開始震動，拿起來一看，是父親警告我別遲到的簡訊。

我嘆了口氣，抓起車鑰匙出門，朝悅豐酒店開去。

不過一路上，我忍不住又開始思考這是否就是我想要的，缺席的想法在我腦袋裡徘徊不去，加上馬路上沒什麼車，我便有些心不在焉，然而就在離酒店還有幾分鐘的路口，轉角忽然衝出一輛闖紅燈的車，我一瞬間沒反應過來，來不及煞車就這麼筆直撞上。

撞擊的力道不小，幸好車子的鋼板很硬，所以我沒有受傷，但心臟似乎有點承受不住突來的壓力，瞬間有種喘不過氣的感覺，我沉澱了幾秒，等心跳恢復規律後，才開門下車檢查。

車頭……整個凹進去了。同時，闖紅燈的車主也下了車。

我第一眼看到她的時候，就覺得她是一個很漂亮的女生，雖然不屬於豔麗的類型，卻很乾淨清秀，年齡看起來跟我差不多，她身穿一件黑色小禮服，臉上化著淡妝，像是要去參加派對的打扮。

「紅燈不能前進，連最基本的交通規則都不知道？」我皺眉，她則是一臉嚇傻的樣子盯著我看，久久不語，「不會說話？」

聞言，她才猛地回過神，「對、對不起，我不是故意的！」

她深深地向我鞠躬道歉，看著她的動作，再加上她額頭上被撞出一個傷口，即便我覺得她開車不看路的行爲實在很離譜，但也不知道該怎麼責備她，只能在原地等警察來。

警察來了之後，做了一些基本的筆錄。

「私下和解吧。」爲了節省時間和避免麻煩，我這麼說。而在這過程中，我的手機不知道已經響了多少遍，不用看就知道是父親打來的電話，因爲晚宴馬上就要開始了。

只不過，我沒想到跟她的第二次見面，居然會來得這麼快。

當我在晚宴瞥見她的身影時，我腦中的第一個想法是：她是演藝圈的人？

雖然她的身形的確有當模特兒的潛力，可是她形單影隻地在角落吃著東西，身邊既沒有經紀人，也沒有積極地去認識廠商，實在不像是個藝人，只見她吃完後似乎打算離開，我便走向她。

「妳姊姊是誰？」

她迅速轉過身，眼中多了一抹錯愕，接著轉爲驚慌，像個說謊被抓到的小孩子一般。見狀，我覺得有趣，上前一手撐在她身後的牆上，不讓她逃跑，「Angelababy？舒淇？還是林志玲？」

原來她剛才在警察面前流的眼淚是假的，眞是個戲精，而我居然沒有看出來，這不禁讓我也懷疑起自己的判斷能力。

「對不起，我不是故意要騙人的……」

她看起來很心虛，臉上的表情有些懊惱，像是沒料到我們會在這裡見面。

「在我看來，妳是故意騙人的。」

我挑眉，想看她會有什麼反應，沒想到她只是無奈承認，「對不起，我是故意騙人的……」

「妳是模特兒？練習生？還是誰家的千金？」今晚的賓客幾乎都是這個圈子的熟面孔，但我是真的沒有見過她。

孫永斐，這個名字也很陌生。

「我是何岳的朋友，今天是他的經紀人邀請我來的。何岳是我很重要的人，我不想遲到，錯過他的表演才會騙人，真的很抱歉！」

何岳？

他不就是剛才父親介紹給我認識的人嗎？今天表演的重點也是他。

聽說他是公司下一部微電影的男主角，而且將由祖延哥執導該部電影，雖然我不否認何岳的歌聲，有耳朵的人都會同意他是一名很有才華的歌手，但是選一個沒有演戲經驗的人當男主角，女主角更是一個在圈子裡風評很差的人，我實在搞不懂父親在想什麼。

同時，我也為祖延哥打抱不平。祖延哥是一個很有原則的人，可是一遇上我爸，他就是沒有辦法拒絕，因為他一直將我爸視為提拔他的恩人，因此即便兩人有許多的理念不同，只要我爸開口拜託他，他就無法說不。

「何岳？妳是說剛才唱歌的那個？」

她點頭，不過看表情似乎不是很滿意「唱歌的那個」這個形容詞，眉頭微微皺起，好像我侮辱了她的偶像一樣。

「經紀人是Jason？」

她再次點頭。

Jason這個人在經紀人的圈子裡很有名，算是標準的work hard play hard，工作認眞卻也沒少玩樂，常出現在我爸喝酒的局裡，久而久之，兩人也成了好朋友，我想這次何岳能夠爭取到這個演出機會，也是多虧了他。

「Jason的朋友素質變差了。」

原本我不打算再多說些什麼，畢竟我們相遇的過程實在很難讓人對她產生好感，可就在我準備離開時，父親的聲音從我背後傳來。

「你在這裡做什麼？我再三跟你強調今天的場合很重要，你卻遲到了快一個小時，現在還在這裡閒晃！你這種處事態度，我以後怎麼敢把公司交給你？」

聞言，我冷冷一笑。剛才在廠商和其他老闆面前裝得一副很爲兒子感到驕傲的模樣，現在不過是遠離了一些人潮，就原形畢露了。

我沒有回答，因爲也沒什麼好說的，然而從旁邊傳來的聲音卻令我愣住了，「對不起！其實是我撞到他的車子，他才會遲到，並不是他的錯！」

「妳是？」

「不、不重要的人！」

聽到她這麼回答，當下我還眞不知道該有什麼樣的反應，是該覺得好笑，還是爲她感到擔心？畢竟我也不知道這種幽默是不是有對我爸的胃口，他發起脾氣來，我想她肯定是承受不了的。同時她好像也爲自己的反應感到丟臉，雙頰瞬間脹紅，低下頭不敢看人。

幸好，我爸似乎覺得很有趣，要我好好招待她後，就轉身離去。

我看著她，方才的惡感忽然一掃而空，身處在這個充滿虛假的場合，她剛才的反應雖然讓我覺得好笑，卻也天眞、眞實到讓我感到很不可思議。

第一次有人爲我挺身而出，儘管過程有點莫名其妙，但一股暖流仍竄上我的心頭。

我已經很久沒有過這種感覺了。

那天之後，我牢牢記住了她的名字，卻從來沒有想過要跟她索取賠償。而我更沒有想到的是，我們居然還會再見上第三次面，甚至她還跟我講了她喜歡何岳的事情。

「何岳才不是一株草。他是我的世界。」

即便我不認同她的愛情觀，但是從她閃閃發亮的眼神裡，我看得出來她是眞心喜歡何岳，就像我媽當初眞心愛著我爸一樣，那種藏不住的喜歡太眞實，讓我無法假裝視而不見。

「神啊，我希望，何岳能夠喜歡上我。」

望著她雙手合十的虔誠模樣，我也不知道是哪來的一股衝動對她說：「我可以幫妳。」

聞言，她一臉愣怔地瞅著我，嘴巴微張，「什麼？」

「我說，我可以幫妳。」

說完，我覺得自己眞是瘋了，沒事幹麼扮演什麼湖神？

後來我打了一通電話給祖延哥，告訴他我想去片場觀摩，他二話不說就答應了，甚至很開心我對電影拍攝感興趣。

「對了，我有個朋友對電影製作也很有興趣，片場有缺工讀生嗎？」

「是沒有，但既然是你朋友，就帶來吧！」祖延哥很爽快地答應了。

於是我傳了一封簡訊給孫永妻，她似乎半信半疑，當天人都到片場了，卻還是搞不清楚我要怎麼幫她，眞不明白她是遲鈍還是眞笨，幸好何岳及時出現，讓我省去跟她解釋的精力。

結果她上一秒還一頭霧水，下一秒謊倒是說得很順，還要我配合演出。

等何岳走遠後，她問了一個我還沒想好答案的問題。

「韓遠，你爲什麼要幫我？」

我沉默了幾秒才緩緩道：「因爲我想修好我的車，前面撞成那樣很礙眼。」

算了，讓她賠我修車的錢，好像也沒什麼不好的。

番外

韓遠這個人

拍戲的空檔，我在休息區捕捉到韓遠孤身一人的身影，儘管韓遠來片場的次數算是頻繁，不過他總是跟在安導身邊觀摩，和我幾乎沒有什麼直接接觸，頂多算是點頭之交。

韓遠這個人，初次見到他時，他給我的印象就是淡漠。

那天是BC製作一年一度的秋季晚宴，當時他就跟在韓總身旁，雖然他的輪廓和韓總極爲相似，但個性與韓總的爽朗豪邁相比，可以說是完全相反，他臉上沒什麼表情，說話的語調也很平靜，通常娛樂圈的人都很愛交際，可他似乎沒有太大的興趣。

第二次見到他，是在微電影的片場。

他跟永斐一起出現，這大概是我一輩子都不會想到的組合。

「韓遠是我的學長，我們前幾天在學校的活動上認識的，我也是透過他才找到這個打工機會。」即便永斐這麼說，我卻仍是半信半疑，總覺得事情沒有這麼單純。

回想起稍早撞見的場景，我心裡不禁泛起一股……悶感？我也說不上來那種感覺。

那時我拍完戲正要去換衣服，正好撞見場記爲了趕著把流程交給導演，不小心撞上永斐的那一幕，永斐被這麼一撞，沒站穩差點跌倒，而一旁的韓遠反應極快地一把拉住她，並順勢將她攬進懷裡。

親眼目睹這樣的畫面，即使我明知那只是韓遠的反射性動作，但是看到他們兩人抱在一起的場景，一股不舒服的感覺還是在我心裡蔓延開來。

我就這麼站在原地望著那兩人，韓遠很快就鬆開永妻，像是在問她是否沒事。忽然，他抬起頭，正好和我對上眼，只見他的表情微微一愣，接著嘴角揚起一抹不明顯的弧度，然後一把將永妻再次攬入懷中。

他看著我，眼神帶著一絲占有欲和挑釁，在那瞬間，我感覺到妒火在心裡燃燒。

見到我的反應，韓遠突然輕輕一笑，似乎得到了他要的答案，他鬆開永妻，彷彿剛才的舉動都是在作秀，只爲了測試我。

見狀，我也只能假裝沒事，但我想我當時的神情應該很僵硬。

其實我也不是很懂自己爲什麼會有這樣的反應，明明永妻身旁一直以來都有其他的男性朋友，如果她找到別的喜歡她的人，我也會爲她感到開心，所以我也不知道該如何解釋方才那股莫名的敵意。

也許是韓遠的氣勢太強大，又或者是這個組合太令人意外，我一下子反應不過來吧。

「嗨，韓遠。」我走到他身旁，假裝早上什麼事情都沒發生。

韓遠只是看了我一眼，禮貌點頭，「嗯。」

「所以……」我故作輕鬆地問：「我很好奇，你跟永妻是怎麼認識的？」

韓遠微微挑眉，像是覺得我的問題很有趣。

「學校……」他先是一臉平靜地開口，接著頓了頓，「我跟她是在系上的聯誼活動認識的，那天晚上她跟我配成一對，之後是我主動聯絡她。」

聯誼？

主動聯絡？

我微微睜大眼，而我的反應似乎被他盡收眼底，他忍不住低笑一聲。

「喔……」我點頭，並笑了笑，「那很好啊。」

「嗯。」他瞅著我，嘴角再次勾起早上抱著永妻，和我對上眼時的弧度，「我覺得她滿漂亮的，而且個性很眞，聽說你們兩個從小一起長大，你有什麼建議嗎？」

聞言，我不禁愣了幾秒。

韓遠平時的形象偏冷峻，我不敢相信他現在居然在問我要如何追永斐。韓總身邊的女人不是模特兒就是大明星，原本我以爲韓遠喜歡的類型應該也差不多，但如今看來他眞的跟他父親很不一樣。

「呃……建議嗎？」我不知道自己是在結巴什麼，想了片刻才勉強道：「永斐她算是……比較注重感覺的人吧。」

聽我這麼說，韓遠頷首，「我知道了，謝謝。」

「嗯。」我點頭，同時心裡有點後悔開啓了這個話題。

韓遠將手中的空寶特瓶丟入回收桶，然後轉身準備回去片場，他嘴角微微上揚，臉上的表情跟早上的很像，似乎從我的反應得到了他要的答案。

「眞好懂。」

他低聲道，我則是一頭霧水。

什麼意思？他剛才是在試探我嗎？

我真搞不懂韓遠這個人。

後記

能帶給你快樂的不會只有那個人

首先，謝謝翻開這本書的你們，不論是已經讀完，還是跟我一樣，看小說喜歡先翻到後記再看正文的人，很開心這本書有引起你們的注意。

淺談一下這篇故事的由來。我其實在二〇一六年的時候就想要參加ＰＯＰＯ華文創作大賞，不過礙於課業繁忙、暑假又要實習的關係，一直沒有充裕的時間創作。

但是！

我今年多了一股衝勁，也許是因爲覺得即將畢業，進入職場後，寫作的時間會變得更少，也可能是因爲暑假實習的時候搬到了一個陌生的城市，覺得有點寂寞，所以我決定試上一回。

現在回想起來，我很慶幸自己當初沒日沒夜地把故事在一個月內寫完了，雖然曾一度感覺自己的眼睛快要瞎了，實習的時候差點跟白人老闆講中文，還有星巴克的店員在準備我點的咖啡時，都不用問我的名字，因爲我每天下班都會準時去那裡寫小說。儘管創作的過程中有些辛苦，可是看到這個故事要被出版，就覺得一切都很值得！

在寫這篇故事時，我加入了許多貼近我自己生活的東西。例如永斐這個角色的性格和背景其實跟我本人有些相似，但是在愛情上，我們兩個人的愛情觀卻是完全不同的。我比較偏向韓遠的看法，大概是因爲經常見到身旁的朋友由於太執著於一個人，而浪費了許多時間和機會，我覺得這樣很不健康。

有趣的是，去年寫這篇故事的時候，我在感情上一帆風順，不過今年在寫這篇後記時，我經歷了人生第一次的分手。我想，我應該要謝謝去年的我寫下這個故事，裡面的內容間接鼓勵了失戀的自己，同時我也親自驗證，這世上絕對不會只有一個人或是一樣事物能夠帶給你快樂，多看看周遭，就會發現不錯的人眞的很多！

另外一個在這個故事中，我很認同的理念是韓遠和何岳共同有的認知：在追求一樣東西的時候，必定要做出一些犧牲。

整篇故事裡，我最心疼的角色其實是何岳，但礙於第一人稱的關係，何岳的心態一直都有點模糊。不過，其實何岳是這裡面思想最成熟的角色，因爲他明白愛情中只有喜歡是不夠的，所以他寧願永斐不要跟他告白，這樣他們的關係才能維持平衡。正如同何岳寫給永斐的歌裡所訴說的，他希望她能夠快樂，即便帶給她幸福的那個人不是自己也沒關係。

在正文的結尾，永斐打斷何岳，說：「噓，別告訴我。」究竟何岳本來打算要對永斐說什麼呢？這算是我留給讀者的想像空間。作爲書名，這捕捉了何岳跟永斐之間小小的遺憾，卻也成全了故事裡韓遠和永斐的 happy ending。

最後，我要謝謝提拔這篇故事的馥蔓還有幫我校稿的明珍，因爲有你們，這個故事才能有成爲實體書的一天。一直以來，我都把寫作當成興趣，因爲我本身就是一個愛幻想的人，也覺得將想法化爲文字特別有感覺，而且很有舒壓的作用。從高中到現在，我也差不多寫了七年了，看到自己寫的故事即將被印成書，心裡眞的滿感動的。

今年我大學畢業了，正式踏入職場工作，未來能夠寫作的時間有多少我也不知道，但希望未來還能有機會帶來更多的故事給大家～

雨菓

國家圖書館出版品預行編目資料

噓,別告訴我 / 雨菓著. -- 初版. -- 臺北市 ; 城邦原創出版 : 家庭傳媒城邦分公司發行, 2018.04
面 ; 公分

ISBN 978-986-96056-5-6（平裝）

857.7 107005141

噓，別告訴我

作　　者／雨菓
企畫選書／楊馥蔓
責任編輯／許明珍

行銷業務／林政杰
總 編 輯／楊馥蔓
總 經 理／伍文翠
發 行 人／何飛鵬
法律顧問／元禾法律事務所　王子文律師
出　　版／城邦原創股份有限公司
台北市中山區民生東路二段 141 號 6 樓
電話：(02) 2509-5506　傳眞：(02) 2500-1933
E-mail：service@popo.tw
發　　行／英屬蓋曼群島商家庭傳媒股份有限公司城邦分公司
聯絡地址：台北市中山區民生東路二段 141 號 11 樓
書虫客服服務專線：(02) 25007718・(02) 25007719
24小時傳眞服務：(02) 25001990・(02) 25001991
服務時間：週一至週五09:30-12:00・13:30-17:00
郵撥帳號：19863813　戶名：書虫股份有限公司
讀者服務信箱 email：service@readingclub.com.tw
城邦讀書花園網址：www.cite.com.tw
香港發行所／城邦（香港）出版集團有限公司
地址：香港灣仔駱克道 193 號東超商業中心 1 樓
email：hkcite@biznetvigator.com
電話：(852)25086231　傳眞：(852) 25789337
馬新發行所／城邦（馬新）出版集團 Cité(M)Sdn. Bhd.
41, Jalan Radin Anum, Bandar Baru Sri Petaling,
57000 Kuala Lumpur, Malaysia.
電話：(603) 90578822　傳眞：(603) 90576622
email:cite@cite.com.my

封面設計／黃聖文
印　　刷／漾格科技股份有限公司
電腦排版／陳瑜安
經 銷 商／聯合發行股份有限公司
客服專線：(02)2917-8022　傳眞：(02)2911-0053

■ 2018 年 4 月初版
■ 2022 年 9 月初版 7 刷
Printed in Taiwan

定價 / 250元

城邦讀書花園
www.cite.com.tw

ISBN　978-986-96056-5-6
本書如有缺頁、倒裝，請來信至service@popo.tw，會有專人協助換書事宜，謝謝！